MW00716054

COLLECTION FOLIO

# Des mots à la bouche

## Festins littéraires

Gallimard

*Cuisiner suppose une tête légère,
un esprit généreux
et un cœur large.*

COLETTE

## MURIEL BARBERY

### *Le cru* *

Le chef Tsuno élabora sa composition devant
moi avec des gestes doux et parcimonieux, d'une
économie qui courtisait l'indigence, mais je voyais
sous sa paume naître et s'épanouir, dans la nacre
et la moire, des éclats de chair rose, blanche et
grise et, fasciné, j'assistais au prodige.

Ce fut un éblouissement. Ce qui franchit ainsi
la barrière de mes dents, ce n'était ni matière ni
eau, seulement une substance intermédiaire qui
de l'une avait gardé la présence, la consistance qui
résiste au néant et à l'autre avait emprunté la fluidité et la tendresse miraculeuses. Le vrai sashimi
ne se croque pas plus qu'il ne fond sur la langue.
Il invite à une mastication lente et souple, qui n'a
pas pour fin de faire changer l'aliment de nature
mais seulement d'en savourer l'aérienne moellesse. Oui, la moellesse : ni mollesse ni moelleux ;
le sashimi, poussière de velours aux confins de
la soie, emporte un peu des deux et, dans l'alchi-

* Extrait d'*Une gourmandise* (Folio n° 3633).

mie extraordinaire de son essence vaporeuse, conserve une densité laiteuse que les nuages n'ont pas. La première bouchée rose qui avait provoqué en moi un tel émoi, c'était du saumon, mais il me fallut encore faire la rencontre du carrelet, de la noix de coquille Saint-Jacques et du poulpe. Le saumon est gras et sucré en dépit de sa maigreur essentielle, le poulpe est strict et rigoureux, tenace en ses liaisons secrètes qui ne se déchirent sous la dent qu'après une longue résistance. Je regardais avant de le happer le curieux morceau dentelé, marbré de rose et de mauve mais presque noir à la pointe de ses excroissances crénelées, je le saisissais maladroitement de mes baguettes qui s'aguerrissaient à peine, je le recevais sur la langue saisie d'une telle compacité et je frémissais de plaisir. Entre les deux, entre le saumon et le poulpe, toute la palette des sensations de bouche mais toujours cette fluidité compacte qui met le ciel sur la langue et rend inutile toute liqueur supplémentaire, fût-elle eau, Kirin ou saké chaud. La noix de Saint-Jacques, quant à elle, s'éclipse dès son arrivée tant elle est légère et évanescente, mais longtemps après, les joues se souviennent de son effleurement profond; le carrelet enfin, qui apparaît à tort comme le plus rustique de tous, est une délicatesse citronnée dont la constitution d'exception s'affirme sous la dent avec une plénitude stupéfiante.

C'est cela, le sashimi — un fragment cosmique à portée du cœur, hélas bien loin de cette fragrance ou de ce goût qui fuient ma sagacité, si ce n'est mon inhumanité... J'ai cru que l'évocation de cette aventure subtile, celle d'un cru à mille lieues de la barbarie des dévoreurs d'animaux, exhalerait le parfum d'authenticité qui inspire mon souvenir, ce souvenir inconnu que je désespère de saisir... Crustacé, encore, toujours : peut-être n'est-ce pas le bon ?

# THOMAS DAY

## *La triste légende*
## *du seigneur Chikuzen Nobushiro* *

Et le samouraï revint d'Edo avec le meilleur cuisinier de l'archipel; l'homme portait un masque.

Il parla :

« Seigneur Chikuzen, je suis à votre service.

— Je voudrais des plats que je n'ai jamais mangés. Excellents, cela va sans dire, annonça le seigneur de sa plus grosse voix.

— C'est ce qui m'a été expliqué. Les affaires d'émoluments n'étant pas d'une grande politesse, je laisse votre samouraï vous faire la liste de mes conditions au moment qui vous conviendra. Si la moindre de ces conditions ne trouve pas accord de votre part, je disparaîtrai et plus jamais vous ne me reverrez.

— Soit. »

Les exigences de l'étranger masqué paraissaient étonnantes, mais répondaient néanmoins à une certaine logique du secret culinaire. Il voulait pour lui-même des appartements spacieux et gar-

* Extrait de *La Voie du Sabre* (Folio S-F n° 115).

dés par deux samouraïs, choisir ses commis, quitte à donner d'autres tâches aux anciens. Il exigeait de pouvoir porter son masque en toute occasion. Et surtout, il désirait, afin de pouvoir garantir non seulement la grande qualité de sa cuisine mais aussi son extrême originalité, un groupe de chasseurs et de pêcheurs entièrement à son service, payés bien évidemment par la seigneurie, mais qui ne répondraient qu'à ses ordres et instructions. Étrangement, il ne voulait rien pour lui, en dehors des avantages précédents.

Le premier plat, unique, servi dans la maquette d'un petit bateau de pêche, était d'une incroyable richesse gustative ; il s'agissait d'un volatile cuit en sauce — le cuisinier assura que c'était un phénix — rehaussé de fruits divers et servi sur son nid de nouilles croquantes, le tout entouré de dizaines de coupes contenant une salade de fleurs assaisonnées.

Le seigneur Chikuzen, bien que soupçonnant le plat d'avoir de désagréables origines chinoises, en fut comblé.

Par contre, il fut grandement déçu, le même jour, d'apprendre que la servante qu'il n'avait cessé d'éloigner de sa personne, sans jamais aller jusqu'à la bannir, avait été choisie par le cuisinier comme premier commis. Pire, il apprit que c'était elle qui, avec autant de respect que d'amour, avait essayé de lui faire la cuisine ces dernières semaines.

Pendant des lunes et des lunes, les plats se succédèrent : serpent de mer, grand lézard des montagnes, cochon de lait à la broche, crabe cuit dans des feuilles de bananier, calamars farcis, serpent des enfers aux ailes de papillon, poisson-coffre aux mangues en sorbet, canards, faisans, cailles en brochette et aux litchis, gâteau de tofu et d'œufs de saumon, soufflé aux algues et au gingembre.

Et arriva le jour redouté où le seigneur Chikuzen fit venir le cuisinier masqué, en demandant au préalable de ne porter aucune arme sur lui. Non pas que le seigneur craignît pour sa vie, mais il n'avait aucunement l'intention de perdre un autre cuisinier.

« Mes plats ne vous satisfont plus, Seigneur Chikuzen ?

— Ils sont excellents, variés, toujours parfaits, tant au niveau des cuissons que des arrangements. Là n'est pas la question, ils me remplissent de bonheur, mais ils sont désormais sans surprise.

— Sans surprise ?

— Oui, je reconnais toujours ta patte, ta façon de faire, ton talent, tes épices, ta volonté d'équilibrer le sucré et le salé, l'aigre et le doux.

— Dois-je comprendre qu'il est temps que nous nous séparions ?

— Je ne le formulerais pas ainsi, mais, à moins que tu aies encore quelque chose à me faire découvrir...

— Je peux vous faire un plat qui changera la vision que vous avez de la vie, du moins la vôtre. C'est un plat simple, mais là n'est pas son secret.

— Un plat qui changera la vision que j'ai de ma vie, tu m'intrigues. Quel en est le secret ?

— Il a le goût de celui qui le mange. Mais aussi celui de l'interdit, du plus effrayant des interdits, et après vous l'avoir servi... je devrai partir. Il ne pourra en être autrement.

— Je ne comprends pas.

— Oh si, vous comprenez... Je prendrai mon poids en or pour quitter ce château après vous avoir cuisiné ce plat d'exception. Je suis grand, mais maigre ; mon poids est celui de deux de vos chiens de combat... »

Le seigneur Chikuzen mit quelques jours à réfléchir, période durant laquelle il jeûna, puis il fit revenir le cuisinier.

« Ce plat...

— Oui ?

— Est-ce ce que je crois ?

— Oui, la chair tendre d'une vierge... Son cœur...

— Je vois. Cela restera-t-il entre nous ?

— À jamais, si l'or m'est préparé. Je ferai tuer un cochon, dont je subtiliserai la viande pour la remplacer par celle censée vous combler.

— C'est d'accord. Et la vierge...

— Vous ne voulez pas savoir.

— Il est vrai... Je ne veux pas savoir. »

Le repas fut servi au solstice d'été, quand la nuit est la plus courte de l'année. Dans un bouclier retourné. Il y avait là des brochettes de cœur, des brochettes de foie, de longs lambeaux de viande grillée couverte d'épices venues de pays censés ne pas exister, une cervelle cuite dans une noix de coco et assaisonnée au curry.

« Contrairement aux autres, ce plat mérite quelque explication pour être apprécié à sa juste valeur...

— Vas-y, cuisinier... cela sent bon... Je n'arrive pas à croire que cela puisse sentir aussi bon.

— Je l'ai fait servir dans un bouclier, car ce plat vous protège à jamais en vous débarrassant de la plus inconfortable des faiblesses. Il était une fois une jeune fille, une servante prénommée Kô, qu'un seigneur ne voulait point approcher car il pensait les horreurs de l'amour bien pires que celles de la guerre ; il la déplaça à la lingerie, puis aux lointains jardins où jamais il n'allait se promener. Un jour, son nouveau cuisinier nomma la belle "premier commis" et commença à la nourrir comme il se doit pour faire de sa chair le meilleur des mets. Bien sûr, sans jamais lui en parler ou en parler à son seigneur. Tout cela pour combler celui-ci en le préservant des horreurs de l'amour et en lui servant le meilleur et le plus original des repas.

— Qu'es-tu en train de dire ?

— L'amour consommé est le meilleur des mets, je vous l'offre sans que vous ayez à souffrir de ses horreurs. L'amour est dans l'esprit, voilà pourquoi j'ai cuisiné cette cervelle au curry ; il est dans le cœur, voilà pourquoi je vous offre ces brochettes de cœur ; il est dans la chair, voilà pourquoi ces mille trésors de viandes marinées n'attendent que vos dents et votre palais. »

Le seigneur s'effondra.

*Kô. Non, pas Kô. Ce n'est pas possible.*

Et jamais ses baguettes ne touchèrent le meilleur plat de son cuisinier masqué.

Alors que la nuit tombait, que le solstice laissait place aux ténèbres et au chant des insectes, un homme, un buffle et une femme quittèrent le château du seigneur Chikuzen Nobushiro. Le buffle portait une belle quantité d'or, la récompense du cuisinier, car bien que non consommé le plat avait été préparé. Et payé. En chemin le cuisinier enleva son masque et regarda la jeune femme, Kô.

« S'il est une chose et une seule qu'il ne faut pas taire en ce monde, ce sont les sentiments d'amour que l'on porte pour quelqu'un, que l'on soit seigneur, vassal, souillon ou cuisinier. Je cueillais des fleurs dans les jardins pour en faire des salades quand je t'ai remarquée. Ton sourire d'ivoirines tiédies a fait de mon cœur un oiseau. Bien sûr, tu souriais à cause du masque, tu me croyais défiguré mais, en fait, je me devais de cacher ma prétendue beauté. »

La jeune femme rougit car elle le trouvait de toute beauté.

« Que lui as-tu servi ? demanda-t-elle.

— Du cochon, évidemment. Comme l'anguille remplace avec excellence le serpent de mer, comme le faisan en sauce peut devenir phénix et les lézards de succulents morceaux de dragon, il en est de même pour le cochon de lait... Préparé avec amour, il remplace, comme mets de choix, le corps d'une jeune fille vierge. Qui sait quel goût a la chair d'une jeune vierge ? »

La jeune femme sourit.

« Je ne serai bientôt plus vierge et m'en réjouis... »

Et ils se remirent en marche vers le nord.

### PHILIPPE DELERM
## *Aider à écosser des petits pois* *

C'est presque toujours à cette heure creuse de
la matinée où le temps ne penche plus vers rien.
Oubliés les bols et les miettes du petit déjeuner,
loin encore les parfums mitonnés du déjeuner, la
cuisine est si calme, presque abstraite. Sur la toile
cirée, juste un carré de journal, un tas de petits
pois dans leur gousse, un saladier.

On n'arrive jamais au début de l'opération. On
traversait la cuisine pour aller au jardin, pour voir
si le courrier était passé...

— Je peux t'aider ?

Ça va de soi. On peut aider. On peut s'asseoir à
la table familiale et d'emblée trouver pour l'écossage ce rythme nonchalant, pacifiant, qui semble
suscité par un métronome intérieur. C'est facile,
d'écosser les petits pois. Une pression du pouce
sur la fente de la gousse et elle s'ouvre, docile,
offerte. Quelques-unes, moins mûres, sont plus
réticentes — une incision de l'ongle de l'index per-

* Extrait de *La première gorgée de bière et autres plaisirs
minuscules* (collection « L'Arpenteur »).

met alors de déchirer le vert, et de sentir la mouillure et la chair dense, juste sous la peau faussement parcheminée. Après, on fait glisser les boules d'un seul doigt. La dernière est si minuscule. Parfois, on a envie de la croquer. Ce n'est pas bon, un peu amer, mais frais comme la cuisine de onze heures, cuisine de l'eau froide, des légumes épluchés — tout près, contre l'évier, quelques carottes nues brillent sur un torchon, finissent de sécher.

Alors on parle à petits coups, et là aussi la musique des mots semble venir de l'intérieur, paisible, familière. De temps en temps, on relève la tête pour regarder l'autre, à la fin d'une phrase; mais l'autre doit garder la tête penchée — c'est dans le code. On parle de travail, de projets, de fatigue — pas de psychologie. L'écossage des petits pois n'est pas conçu pour expliquer, mais pour suivre le cours, à léger contretemps. Il y en aurait pour cinq minutes, mais c'est bien de prolonger, de ralentir le matin, gousse à gousse, manches retroussées. On passe les mains dans les boules écossées qui remplissent le saladier. C'est doux; toutes ces rondeurs contiguës font comme une eau vert tendre, et l'on s'étonne de ne pas avoir les mains mouillées. Un long silence de bien-être clair, et puis :

— Il y aura juste le pain à aller chercher.

EDMOND ROSTAND

## La Rôtisserie des Poètes *

La boutique de Ragueneau, rôtisseur-pâtissier,
vaste ouvroir au coin de la rue Saint-Honoré et de
la rue de l'Arbre-Sec qu'on aperçoit largement au
fond, par le vitrage de la porte, grises dans les premières lueurs de l'aube.

À gauche, premier plan, comptoir surmonté d'un
dais en fer forgé, auquel sont accrochés des oies, des
canards, des paons blancs. Dans de grands vases de
faïence de hauts bouquets de fleurs naïves, princi-
palement des tournesols jaunes. Du même côté,
second plan, immense cheminée devant laquelle,
entre de monstrueux chenets, dont chacun supporte
une petite marmite, les rôtis pleurent dans les lèche-
frites.

À droite, premier plan avec porte. Deuxième plan,
un escalier montant à une petite salle en soupente,
dont on aperçoit l'intérieur par des volets ouverts ;
une table y est dressée, un menu lustre flamand y
luit : c'est un réduit où l'on va manger et boire. Une

* Extrait de Cyrano de Bergerac, Acte II, scène 1 (Folio
n° 3246).

galerie de bois, faisant suite à l'escalier, semble
mener à d'autres petites salles analogues.

Au milieu de la rôtisserie, un cercle en fer que l'on
peut faire descendre avec une corde, et auquel de
grosses pièces sont accrochées, fait un lustre de
gibier.

Les fours, dans l'ombre, sous l'escalier, rou-
geoient. Des cuivres étincellent. Des broches tour-
nent. Des pièces montées pyramident. Des jambons
pendent. C'est le coup de feu matinal. Bousculade
de marmitons effarés, d'énormes cuisiniers et de
minuscules gâte-sauces. Foisonnement de bon-
nets à plume de poulet ou à aile de pintade. On
apporte, sur des plaques de tôle et des clayons
d'osier, des quinconces de brioches, des villages de
petits-fours.

Des tables sont couvertes de gâteaux et de plats.
D'autres, entourées de chaises, attendent les man-
geurs et les buveurs. Une plus petite, dans un coin,
disparaît sous les papiers. Ragueneau y est assis au
lever du rideau, il écrit.

### SCÈNE PREMIÈRE

RAGUENEAU, PÂTISSIER, *puis* LISE ;
*Ragueneau, à la petite table,*
*écrivant d'un air inspiré, et comptant sur ses doigts.*

PREMIER PÂTISSIER,
*apportant une pièce montée.*

Fruits en nougat !

DEUXIÈME PÂTISSIER,
*apportant un plat.*

Flan !

TROISIÈME PÂTISSIER,
*apportant un rôti paré de plumes.*

Paon !

QUATRIÈME PÂTISSIER,
*apportant une plaque de gâteaux.*

Roinsoles !

CINQUIÈME PÂTISSIER,
*apportant une sorte de terrine.*

Bœuf en daube !

RAGUENEAU,
*cessant d'écrire et levant la tête.*

Sur les cuivres, déjà, glisse l'argent de l'aube !
Étouffe en toi le dieu qui chante, Ragueneau !
L'heure du luth viendra, — c'est l'heure du four-
neau !

*Il se lève. — À un cuisinier.*

Vous, veuillez m'allonger cette sauce, elle est
courte !

LE CUISINIER

De combien ?

RAGUENEAU

De trois pieds.

*Il passe.*

LE CUISINIER
> Hein !

PREMIER PÂTISSIER
>> La tarte !

DEUXIÈME PÂTISSIER
>>> La tourte !

RAGUENEAU, *devant la cheminée.*

Ma Muse, éloigne-toi, pour que tes yeux char-
  mants
N'aillent pas se rougir au feu de ces sarments !

> *À un pâtissier, lui montrant des pains.*

Vous avez mal placé la fente de ces miches :
Au milieu la césure, — entre les hémistiches !

> *À un autre, lui montrant un pâté ina-
> chevé.*

À ce palais de croûte, il faut, vous, mettre un toit...

> *À un jeune apprenti, qui, assis par
> terre, embroche des volailles.*

Et toi, sur cette broche interminable, toi,
Le modeste poulet et la dinde superbe,
Alterne-les, mon fils, comme le vieux Malherbe
Alternait les grands vers avec les plus petits,
Et fais tourner au feu des strophes de rôtis !

UN AUTRE APPRENTI,
*s'avançant avec un plateau
recouvert d'une assiette.*

Maître, en pensant à vous, dans le four, j'ai fait cuire
Ceci, qui vous plaira, je l'espère.

> *Il découvre le plateau, on voit une
> grande lyre de pâtisserie.*

RAGUENEAU, *ébloui.*

Une lyre !

L'APPRENTI

En pâte de brioche.

RAGUENEAU, *ému.*

Avec des fruits confits !

L'APPRENTI

Et les cordes, voyez, en sucre je les fis.

RAGUENEAU, *lui donnant de l'argent.*

Va boire à ma santé !

*Apercevant Lise qui entre.*

Chut ! ma femme ! Circule,
Et cache cet argent !

> *À Lise, lui montrant la lyre d'un air
> gêné.*

C'est beau ?

LISE

C'est ridicule !

*Elle pose sur le comptoir une pile de
sacs en papier.*

RAGUENEAU

Des sacs ?... Bon. Merci.

*Il les regarde.*

Ciel ! Mes livres vénérés !
Les vers de mes amis ! déchirés ! démembrés !
Pour en faire des sacs à mettre des croquantes...
Ah ! vous renouvelez Orphée et les bacchantes !

LISE, *sèchement.*

Et n'ai-je pas le droit d'utiliser vraiment
Ce que laissent ici, pour unique paiement,
Vos méchants écriveurs de lignes inégales !

RAGUENEAU

Fourmi !... n'insulte pas ces divines cigales !

LISE

Avant de fréquenter ces gens-là, mon ami,
Vous ne m'appeliez pas bacchante, — ni fourmi !

RAGUENEAU

Avec des vers, faire cela !

LISE

Pas autre chose.

RAGUENEAU

Que faites-vous, alors, madame, avec la prose ?

MICHEL TOURNIER

## Les deux banquets
## ou La commémoration *

Il était une fois un calife d'Ispahan qui avait
perdu son cuisinier. Il ordonna donc à son intendant de se mettre en quête d'un nouveau chef
digne de remplir les fonctions de chef des cuisines
du palais.

Les jours passèrent. Le calife s'impatienta et
convoqua son intendant.

— Alors ? As-tu trouvé l'homme qu'il nous
faut ?

— Seigneur, je suis assez embarrassé, répondit
l'intendant. Car je n'ai pas trouvé un cuisinier,
mais deux tout à fait dignes de remplir ces hautes
fonctions, et je ne sais comment les départager.

— Qu'à cela ne tienne, dit le calife, je m'en
charge. Dimanche prochain, l'un de ces deux
hommes désigné par le sort nous fera festoyer, la
cour et moi-même. Le dimanche suivant, ce sera
au tour de l'autre. À la fin de ce second repas, je
désignerai moi-même le vainqueur de cette plai-
sante compétition.

* Extrait du *Médianoche amoureux* (Folio n° 2290).

Ainsi fut fait. Le premier dimanche, le cuisinier désigné par le sort se chargea du déjeuner de la cour. Tout le monde attendait avec la plus gourmande curiosité ce qui allait être servi. Or la finesse, l'originalité, la richesse et la succulence des plats qui se succédèrent sur la table dépassèrent toute attente. L'enthousiasme des convives était tel qu'ils pressaient le calife de nommer sans plus attendre chef des cuisines du palais l'auteur de ce festin incomparable. Quel besoin avait-on d'une autre expérience ? Mais le calife demeura inébranlable. « Attendons dimanche, dit-il, et laissons sa chance à l'autre concurrent. »

Une semaine passa, et toute la cour se retrouva autour de la même table pour goûter le chef-d'œuvre du second cuisinier. L'impatience était vive, mais le souvenir délectable du festin précédent créait une prévention contre lui.

Grande fut la surprise générale quand le premier plat arriva sur la table : c'était le même que le premier plat du premier banquet. Aussi fin, original, riche et succulent, mais identique. Il y eut des rires et des murmures quand le deuxième plat s'avéra à son tour reproduire fidèlement le deuxième plat du premier banquet. Mais ensuite un silence consterné pesa sur les convives, lorsqu'il apparut que tous les plats suivants étaient eux aussi les mêmes que ceux du dimanche précédent. Il fallait se rendre à l'évidence : le second cuisinier imitait point par point son concurrent. Or chacun savait que le calife était un tyran ombrageux, et ne tolérait pas que quiconque se moquât de lui, un cuisinier moins qu'aucun autre, et la cour tout entière attendait épouvantée, en jetant vers lui des regards furtifs, la colère dont il allait foudroyer d'un instant à l'autre le fauteur de cette misérable farce. Mais le calife mangeait imperturbablement et n'échangeait avec ses voisins que les rares et futiles propos qui sont de convenance en pareille circonstance. À croire qu'il n'avait pas remarqué l'incroyable mystification dont il était victime.

Enfin on servit les desserts et les entremets, eux aussi parfaitement semblables aux desserts et aux entremets du premier banquet. Puis les serveurs s'empressèrent de débarrasser la table.

Alors le calife ordonna qu'on fît venir les deux cuisiniers, et quand les deux hommes se trouvèrent en face de lui, il s'adressa en ces termes à toute la cour :

— Ainsi donc, mes amis, vous avez pu apprécier en ces deux banquets l'art et l'invention des deux cuisiniers ici présents. Il nous appartient maintenant de les départager et de décider lequel des deux doit être investi des hautes fonctions de chef des cuisines du palais. Or je pense que vous serez tous d'accord avec moi pour reconnaître et proclamer l'immense supériorité du *second* cuisinier sur le premier. Car si le repas que nous avons pu goûter dimanche dernier était tout aussi fin, original, riche et succulent que celui qui nous a été servi aujourd'hui, ce n'était en somme qu'un repas princier. Mais le second, parce qu'il était l'exacte répétition du premier, se haussait, lui, à une dimension supérieure. Le premier banquet était un événement, mais le second était une com-

mémoration, et si le premier était mémorable,
c'est le second seul qui lui a conféré rétroactive-
ment cette mémorabilité. Ainsi les hauts faits de
l'histoire ne se dégagent de la gangue impure et
douteuse où ils sont nés que par le souvenir qui
les perpétue dans les générations ultérieures.
Donc si j'apprécie chez mes amis et en voyage
qu'on me serve des repas princiers, ici au palais,
je ne veux que des repas sacrés. Sacrés, oui, car
le sacré n'existe que par la répétition, et il gagne
en éminence à chaque répétition.

Cuisiniers un et deux, je vous engage l'un et
l'autre. Toi, cuisinier un, tu m'accompagneras
dans mes chasses et dans mes guerres. Tu ouvri-
ras ma table aux produits nouveaux, aux plats
exotiques, aux inventions les plus surprenantes de
la gastronomie. Mais toi, cuisinier deux, tu veille-
ras ici même à l'ordonnance immuable de mon
ordinaire. Tu seras le grand prêtre de mes cuisines
et le conservateur des rites culinaires et mandu-
catoires qui confèrent au repas sa dimension spi-
rituelle.

*Un repas est insipide
s'il n'est pas assaisonné
d'un brin de folie.*

ÉRASME

DOUGLAS ADAMS

## Le dernier restaurant
## avant la fin du monde *

Un imposant animal laitier s'approcha de la
table de Zappy Bibicy, vaste et gras quadrupède
bovin aux grands yeux humides, avec de petites
cornes et sur le mufle ce qui pouvait presque passer pour un sourire engageant.

« Bonsoir. » La bovine créature s'assit pesam-
ment sur son arrière-train. « Je suis le Plat du
Jour. L'une ou l'autre partie de mon corps vous
tenterait-elle ? » Elle se racla la gorge, gigota de
l'arrière-train pour se caler dans une posture plus
confortable puis les considéra placidement. Exa-
men qui lui permit de découvrir un regard de surprise abasourdie chez Arthur et Trillian, un
haussement d'épaules résigné chez Ford Escort
et l'estomac dans les talons de Zappy Bibicy.

« Un morceau d'épaule, peut-être ? suggéra la
bête. Braisé dans une sauce au vin blanc.

— Euh... votre épaule à vous ? souffla Arthur,
horrifié.

* Extrait du *Dernier restaurant avant la fin du monde* (Folio
S-F n° 35).

— Mais naturellement, mon épaule, monsieur, meugla la bête avec satisfaction. Je suis seule maître de mon corps. »

Zappy avait déjà bondi de son siège pour venir tâter en connaisseur l'épaule de l'animal.

« Ou la culotte, qui n'est pas mal non plus, murmura le bovin : l'ayant beaucoup exercée et m'étant gavée de céréales, je puis vous garantir qu'il n'y a que de la bonne viande dans ce coin. » Elle poussa un doux grognement, assorti d'un gargouillis et se remit à ruminer. Puis, ayant ravalé le tout, ajouta :

« Ou alors, un ragoût de moi, peut-être ?

— Vous voulez dire que cet animal a réellement l'intention qu'on le mange ? murmura Trillian à Ford.

— Moi ? dit Ford, les yeux vitreux. Je ne veux rien dire du tout.

— Mais c'est absolument horrible, s'exclama Arthur. Voilà bien la chose la plus révoltante que j'aie jamais entendue.

— Où est le problème, Terrien ? » dit Zappy dont l'attention s'était à présent reportée sur l'énorme croupe dodue de la bête.

« Simplement que je n'ai pas envie de manger d'un animal planté devant moi-même s'il m'y invite, dit Arthur. Je trouve ça cruel.

— Ça vaut toujours mieux que de bouffer un animal qui n'en a pas envie, remarqua Zappy.

— Là n'est pas la question », protesta Arthur. Puis il réfléchit à la chose : « D'accord, c'est peut-être effectivement la question. Enfin, peu importe, je n'ai pas le cœur à y songer pour l'instant. Je vais juste... euh... »

(Autour de lui, l'Univers continuait de se convulser dans les affres de sa Fin.)

« Je crois que je vais me contenter d'une salade verte, marmonna-t-il.

— Puis-je insister pour vous recommander mon foie, suggéra la créature. Il doit être particulièrement tendre et moelleux à présent : cela fait des mois que je me gave.

— Une salade verte, dit Arthur avec insistance.

— Une salade verte ? dit la bête en roulant des yeux dépités.

— Vous n'allez pas me dire que je ne devrais pas prendre de salade verte, quand même ?

— Eh bien, dit l'animal, je connais plus d'un légume à être ferme sur ce point. Ce qui est la raison pour laquelle en fin de compte on a décidé de trancher définitivement la question en élevant un animal effectivement désireux d'être mangé et capable de le dire à haute et intelligible voix. Et me voici. »

La bête esquissa une légère révérence.

« Un verre d'eau, s'il vous plaît, dit Arthur.

— Écoutez, expliqua Zappy. On veut simplement manger, on ne va pas en faire tout un fromage. Alors donnez-nous quatre beaux steaks, s'il vous plaît, et vite. On n'a rien avalé depuis cinq cent soixante-seize mille millions d'années. »

La bovine créature se releva maladroitement. Elle laissa échapper un doux gargouillis.

« Un choix fort judicieux, monsieur, si je puis me permettre. Excellent, dit-elle. Le temps d'aller

m'en couper une tranche et de passer à la casserole. »

Elle se tourna et lança un clin d'œil amical à
Arthur.

« Ne vous inquiétez pas, monsieur. Je serai très
humaine. »

Et elle regagna sans se presser les cuisines.

L'affaire de quelques minutes, le garçon revenait avec quatre énormes et fumantes tranches de
steak. Zappy et Ford les engloutirent recta sans
l'ombre d'une hésitation. Trillian hésita, puis
haussa les épaules et attaqua son morceau.

Arthur contemplait sa portion, l'air vaguement
mal à l'aise.

*schelmisch* « Eh, l'Terrien », lança Zappy avec un sourire
malicieux sur celui de ses visages qui ne se goin-
frait pas, « on n'est pas dans son assiette » ? *piggisch*

Et l'orchestre enchaîna.

# NOËLLE CHÂTELET
## *La mère nourricière* *

Dans le couvent de Port-Sainte-Marie recon-
verti en prison, les servantes de Dieu ont fort à
faire.

L'évêque a lancé l'anathème contre les insoumis
de la guerre d'Espagne : ce sont des excroissances
du diable et la Foi commande leur extermination,
par tous les moyens.

La difficulté vient de ce que ces démons prennent l'apparence des hommes. Il est donc délicat
de les éliminer de sang-froid. La mort ne peut
venir que par décision du Suprême. Aussi les reli-
gieuses, geôlières ferventes, se contentent-elles de
les affamer pour faire avancer un peu les choses.

Le matin, de l'eau chaude avec quelques cuil-
lerées d'huile et du piment ; à midi, une portion
de potiron ; le soir, des restes à peine cuits de poisson.

Les esprits malins poussent la vraisemblance
jusqu'à s'inventer des familles. Elles se pressent
devant les portes du couvent chargées de provi-

* Extrait de *Histoires de bouches* (Folio n° 1903).

sions et de lettres qui sont délivrées aux intéres-
sés les jours de clémence.

Dans une des salles voûtées, percée de lucarnes
qui découragent la lumière, soixante-dix démons
se disputent l'accès à un patio à peine large d'un
mètre où pénètrent en fraude les rayons du soleil.
Ils se serrent les uns contre les autres, à tour de
rôle, afin de capter la chaleur vivifiante de l'astre
et se déplacent avec lui jusqu'à ce que le crépuscule le gobe tel un œuf mollet aux reflets d'orange.
Pédro est le démon le plus angélique de toute
l'Andalousie. Il est également le plus inventif.

Dans la « commune » à laquelle il appartient
avec sept de ses compagnons dans un coin de la
salle, il accomplit des miracles pour faire fructi-
fier la nourriture et apaiser la faim. Juan l'aide à
la confection de sortes de polentas cuites dans une
poêle sur un brasero de fortune.

Tout ce qui est susceptible d'être mangé échoue
là, dans cette poêle, et l'odeur de ces mixtures met
en déroute la mère supérieure, qui se signe de loin
en regardant brûler ce chaudron de l'enfer.

Ce soir, les autorités ont remis personnellement
à Pédro une boîte métallique scellée remplie d'une
poudre brune semblable à de la farine de seigle.
Pédro rayonne. Pédro reprend courage. Les pro-
visions étaient au plus bas. La commune n'a pas
eu de polenta depuis des jours. Ceux qui ont tou-
ché au poisson d'hier grelottent de fièvre sur leur
grabat. Le soleil lui-même déserte ce lieu de
malédiction et les hommes, pardon : les démons,
se traînent inutilement vers le cercle éteint du
foyer solaire.

Pédro a échangé avec la commune voisine un peu de sucre contre les bananes séchées qui tournaient au moisi.

Dans le fond d'un seau, il le mélange avec la farine noire, l'eau pimentée qui reste du matin et les derniers trognons de chou cachés sous son matelas.

La bouillie prend forme. Juan a ranimé le brasero qui éclaire les huit visages penchés sur la flamme.

Pédro verse la pâte dans la poêle.

Elle se boursoufle, cloque, claque, se tord. Une fumée les enveloppe bientôt dans son grand châle d'âcreté.

Toujours sacré est le moment du partage. C'est sa communion à elle, à la commune. La communion des ventres.

Pédro découpe la polenta en huit morceaux égaux. Chacun tend sa main, la paume en écuelle. Les bouches frémissent au contact du chaud.

Ils mangent en silence.

Ils font *un*, ces huit démons, pardon : ces huit hommes ; *un* dans la grâce enfantine de la reconnaissance. Toute la salle partage en pensée ce bonheur de quelques-uns. Tous se recueillent pour le faire devenir sien.

Autour du brasero, ils se sont accroupis dans la même position, repus, confiants, leurs mains en écuelle, comme pour éterniser le geste de l'offrande...

La lettre, retenue par la censure, celle qui aurait dû accompagner la boîte métallique scellée n'est

parvenue à Pédro que deux semaines plus tard.
Elle venait des États-Unis.

On lui annonçait l'envoi des cendres de sa
grand-mère décédée en exil ; celle qui l'avait élevé,
nourri.

La farine de seigle !

On décida — Pédro le premier — que la cérémonie serait aussi gaie que fut sacré le repas des
cendres. Les chants d'amour, rythmés par des
rires, durèrent la nuit entière autour du brasero.

Jamais grand-mère ne fut tant louée par tant de
fils à la fois, car jamais grand-mère ne fut, comme
celle de Pédro, à ce point du destin, la mère nourricière.

# LOUIS PERGAUD

## *Le festin dans la forêt* *

Quelle belle journée !

Il avait été entendu qu'on partageait tout, chacun devant seulement garder son pain. Aussi, à côté des plaques de chocolat et de la boîte de sardines, une pile de morceaux de sucre monta bientôt que La Crique dénombra avec soin.

Il était impossible de faire tenir les pommes sur la table, il y en avait plus de trois doubles. On avait vraiment bien fait les choses, mais ici encore le général, avec sa bouteille de goutte, battait tous les records.

— Chacun aura son cigare, affirma Camus, désignant d'un geste large une pile régulière et serrée de bouts de clématite, soigneusement choisis, sans nœuds, lisses, avec de beaux petits trous ronds qui disaient que cela tirerait bien.

Les uns se tenaient dans la cabane, d'autres ne faisaient qu'y passer ; on entrait, on sortait, on riait, on se tapait sur le ventre, on se fichait pour

* Extrait de *La guerre des boutons* (Folio n° 758).

rire de grands coups de poing dans le dos, on se
congratulait.

— Ben, mon vieux, ça biche ?

— Crois-tu qu'on est des types, hein ?

— Ce qu'on va rigoler !

Il était entendu que l'on commencerait dès que
les pommes de terre seraient prêtes : Camus et
Tigibus en surveillaient la cuisson, repoussaient
les cendres, rejetaient les braises, tirant de temps
à autre avec un petit bâton les savoureux tuber-
cules et les tâtant du bout des doigts ; ils se brû-
laient et secouaient les mains, soufflaient sur
leurs ongles, puis rechargeaient le feu continuel-
lement.

Pendant ce temps, Lebrac, Tintin, Grangibus et
La Crique, après avoir calculé le nombre de
pommes et de morceaux de sucre auxquels chacun aurait droit, s'occupaient à un équitable partage des tablettes de chocolat, des petits bonbons
et des bouts de réglisse.

Une grosse émotion les étreignit en ouvrant la
boîte de sardines : seraient-ce des petites ou des
grosses ? Pourrait-on répartir également le
contenu entre tous ?

Avec la pointe de son couteau, détournant celles
du dessus, La Crique compta : « Huit, neuf, dix,
onze ! Onze, répéta-t-il. Voyons, trois fois onze
trente-trois, quatre fois onze quarante-quatre !

— Merde ! bon dious ! nous sommes quarante-
cinq ! Il y en a un qui s'en passera.

Tigibus, à croupetons devant son brasier,
entendit cette exclamation sinistre et, d'un geste

et d'un mot, trancha la difficulté et résolut le problème :

— Ce sera moi qui n'en aurai point si vous voulez, s'écria-t-il ; vous me donnerez la boîte avec l'huile pour la relécher, j'aime autant ça ! Est-ce que ça ira ?

Si ça irait ? c'était même épatant !

— Je crois bien que les pommes de terre sont cuites, émit Camus, repoussant vers le fond, avec une fourche en coudre plus qu'à moitié brûlée, le brasier rougeoyant, afin d'atteindre son butin.

— À table, alors ! rugit Lebrac.

Et se portant à l'entrée :

— Eh bien, la coterie, on n'entend rien ? À table qu'on vous dit ! Amenez-vous ! Y a pus d'amour, quoi ! y a pus moyen !

« Faut-il aller chercher la bannière ? »

Et l'on se massa dans la cabane.

— Que chacun s'asseye à sa place, ordonna le chef ; on va partager.

« Les patates d'abord, faut commencer par quéque chose de chaud, c'est mieux, c'est plus chic, c'est comme ça qu'on fait dans les grands dîners. »

Et les quarante gaillards, alignés sur leurs sièges, les jambes serrées, les genoux à angle droit comme des statues égyptiennes, le quignon de pain au poing, attendirent la distribution.

Elle se fit dans un religieux silence : les derniers servis lorgnaient les boules grises dont la chair d'une blancheur mate fumait en épandant un bon parfum sain et vigoureux qui aiguisait les appétits.

On éventrait la croûte, on mordait à même, on se brûlait, on se retirait vivement et la pomme de terre roulait quelquefois sur les genoux où une main leste la rattrapait à temps ; c'était si bon ! Et l'on riait, et l'on se regardait, et une contagion de joie les secouait tous, et les langues commençaient à se délier.

De temps en temps on allait boire à l'arrosoir.

Le buveur ajustait sa bouche comme un suçoir, au goulot de fer-blanc, aspirait un bon coup et, la bouche pleine et les joues gonflées, avalait tout hoquetant sa gorgée ou recrachait l'eau en gerbe, en éclatant de rire sous les lazzi des camarades.

— Boira ! boira pas ! parie que si ! parie que ni !

C'était le tour des sardines.

La Crique, religieusement, avait partagé chaque poisson en quatre ; il avait opéré avec tout le soin et la précision désirables, afin que les fractions ne s'émiettassent point et il s'occupait à remettre à chacun la part qui lui revenait. Délicatement, avec le couteau, il prenait dans la boîte que portait Tintin et mettait sur le pain de chacun la portion légale. Il avait l'air d'un prêtre faisant communier les fidèles.

Pas un ne toucha à son morceau avant que tous ne fussent servis : Tigibus, comme il était convenu, eut la boîte avec l'huile ainsi que quelques petits bouts de peau qui nageaient dedans.

Il n'y en avait pas gros, mais c'était du bon ! Il fallait en jouir. Et tous flairaient, reniflaient, palpaient, léchaient le morceau qu'ils avaient sur leur pain, se félicitant de l'aubaine, se réjouissant au plaisir qu'ils allaient prendre à le mastiquer, s'at-

tristant à penser que cela durerait si peu de temps.
Un coup d'engouloir et tout serait fini ! Pas un ne
se décidait à attaquer franchement. C'était si
minime. Il fallait jouir, jouir, et l'on jouissait par
les yeux, par les mains, par le bout de la langue,
par le nez, par le nez surtout, jusqu'au moment
où Tigibus, qui pompait, torchait, épongeait son
reste de « sauce » avec de la mie de pain fraîche,
leur demanda ironiquement s'ils voulaient faire
des reliques de leur poisson, qu'ils n'avaient dans
ce cas qu'à porter leurs morceaux au curé pour
qu'il pût les joindre aux os de lapin qu'il faisait
baiser aux vieilles gribiches en leur disant :
« Passe tes cornes[1] ! »

Et l'on mangea lentement, sans pain, par petites
portions égales, épuisant le suc, pompant par
chaque papille, arrêtant au passage le morceau
délayé, noyé, submergé dans un flux de salive
pour le ramener encore sous la langue, le remas-
tiquer à nouveau et ne le laisser filer enfin qu'à
regret.

Et cela finit ainsi religieusement. Ensuite Guer-
reuillas confessa qu'en effet c'était rudement bon,
mais qu'il n'y en avait guère !

Les bonbons étaient pour le dessert et la réglisse
pour ronger en s'en retournant. Restaient les
pommes et le chocolat.

— Voui, mais va-t-on pas boire bientôt ?
réclama Boulot.

— Il y a l'arrosoir, répondit Grangibus, facé-
tieux.

1. Sans doute : *Pax tecum !*

— Tout à l'heure, régla Lebrac, le vin et la gniaule c'est pour la fin, pour le cigare.

— Au chocolat, maintenant !

Chacun eut sa part, les uns en deux morceaux, les autres en un seul. C'était le plat de résistance, on le mangea avec le pain ; toutefois, quelques-uns, des raffinés, sans doute, préférèrent manger leur pain sec d'abord et le chocolat ensuite. Les dents croquaient et mastiquaient, les yeux pétillaient. La flamme du foyer, ravivée par une brassée de brandes, enluminait les joues et rougissait les lèvres. On parlait des batailles passées, des combats futurs, des conquêtes prochaines, et les bras commençaient à s'agiter et les pieds se trémoussaient et les torses se tortillaient.

C'était l'heure des pommes et du vin.

— On boira chacun à son tour dans la petite casserole, proposa Camus.

Mais La Crique, dédaigneusement, répliqua :

— Pas du tout ! Chacun aura son verre !

Une telle affirmation bouleversa les convives.

— Des verres ! T'as des verres ? Chacun son verre ! T'es pas fou, La Crique ! Comment ça ?

— Ah ! ah ! ricana le compère. Voilà ce que c'est que d'être malin ! Et ces pommes pour qui que vous les prenez ?

Personne ne voyait où La Crique en voulait venir.

— Tas de gourdes ! reprit-il, sans respect pour la société, prenez vos couteaux et faites comme moi. Ce disant, l'inventeur, l'eustache à la main, creusa immédiatement dans les chairs rebondies d'une belle pomme rouge un trou qu'il évida avec

soin, transformant en coupe originale le beau
fruit qu'il avait entaillé.

— C'est vrai tout de même : sacré La Crique !
C'est épatant ! s'exclama Lebrac.

Et immédiatement il fit faire la distribution des
pommes. Chacun se mit à la taille de son gobelet,
tandis que La Crique, loquace et triomphant,
expliquait :

— Quand j'allais aux champs et que j'avais soif,
je creusais une grosse pomme et je trayais une
vache et voilà, je m'enfilais comme ça mon petit
bol de lait chaudot.

Chacun ayant confectionné son gobelet, Grangibus et Lebrac débouchèrent les litres de vin. Ils
se partagèrent les convives. Le litre de Grangibus,
plus grand que l'autre, devait contenter vingt-trois
guerriers, celui de son chef vingt-deux. Les verres
heureusement étaient petits et le partage fut équitable, du moins il faut le croire, car il ne donna
lieu à aucune récrimination.

Quand chacun fut servi, Lebrac, levant sa pomme
pleine, formula le toast d'usage, simple et bref :

— Et maintenant, à la nôtre, mes vieux, et à cul
les Velrans !

— À la tienne !

— À la nôtre !

— Vive nous !

— Vivent les Longevernes !

On choqua les pommes, on brandit les coupes,
on beugla des injures aux ennemis, on exalta le
courage, la force, l'héroïsme de Longeverne, et on
but, on lécha, on suça la pomme jusqu'au tréfonds
des chairs.

RAYMOND QUENEAU

*Le repas ridicule* *

Une fois n'est pas coutume : allons au restaurant
nous payer du caviar et des ptits ortolans

Consultons le journal à la rubrique esbrouffe
révélant le bon coin où pour pas cher on bouffe

Nous irons à çui-ci, nous irons à çui-là
mais y a des objections : l'un aimm ci, l'autre
    aimm ça

Je propose : engouffrons notre appétit peu mince
au bistrot le troisième après la rue Huyghens

Tous d'accord remontons le boulevard Raspail
jusqu'aux bars où l'on suss la mouss avec des
    pailles

Hans William Vladimir et Jean-Jacques Dupont
avalent goulûment de la bière en ballon

* Extrait de *L'instant fatal*, précédé de *Les Ziaux* (Poésie/
Gallimard n° 88).

Avec ces chers amis d'un pas moins assuré
nous trouverons enfin le ptit endroit rêvé

Les couteaux y sont mous les nappes y sont
    sales
la serveuse sans fards parfume toutt la salle

Le patron — un gourmet ! vous fait prendre —
    c'est fou
du pipi pour du vin et pour du foi' du mou

La patronne a du cran et rince les sardines
avec une huile qui fut huile dparaffine

La carne nous amène un rôti d'aspect dur
orné concentricment de légumes impurs

Elle vous proposera les miettes gluantes
d'une tête de veau que connurent les lentes

Elle proposera les panards englués
d'un porc qui négligea toujours de les laver

Peut-être qu'un produit à l'état naturel
échappra-z-aux méfaits dla putréfiantt femelle

« Voici ma belle enfant un petit nerf de bœuf
que vous utilizrez pour casser tous vos œufs »

De l'omelette jaune où nage le persil
elle fera-z-hélas un morceau d'anthraci

Ce bon charbon croquant bien craquant sous la
    dent
se blanchira d'un sel sous la dent bien crissant

Plutôt que de noircir un intestin qui grêle *hailed*
nous dévorerons la simili-porcelaine

L'hôtesse nous voyant grignoter son ménage
écaillera les murs de l'ampleur de sa rage *scaling*

Alors avalerons fourchettes et couteaux
avant d'avec vitesse enfiler nos manteaux

*runaway*
Fuyards nous galoprons dans la rue où ça neige
sans peur de déchirer la couturr de nos grèges

Nous retournant au bout de cinquante ou cent
    mètres
nous verrons le souillon jouer au gazomètre *slut / slattern / Schlampe*

et nous péter au nez ses infâmes insultes
— patronne de bistrot, empoisonneuse occulte

*Petite chère et grand accueil*
*font joyeux festin.*

WILLIAM SHAKESPEARE

# GUILLAUME APOLLINAIRE
## *Le repas* *

Il n'y a que la mère et les deux fils
    Tout est ensoleillé
    La table est ronde
Derrière la chaise où s'assied la mère
    Il y a la fenêtre
    D'où l'on voit la mer
    Briller sous le soleil
Les caps aux feuillages sombres des pins et des
    oliviers   *foliage*
    Et plus près les villas aux toits rouges
Aux toits rouges où fument les cheminées
    Car c'est l'heure du repas
    Tout est ensoleillé
    Et sur la nappe glacée   *sheet*
    La bonne affairée
    Dépose un plat fumant
    Le repas n'est pas une action vile
Et tous les hommes devraient avoir du pain
La mère et les deux fils mangent et parlent

* Extrait de *Poèmes retrouvés* (*Œuvres poétiques*, Pléiade,
Gallimard 1962).

Et des chants de gaîté accompagnent le repas
Les bruits joyeux des fourchettes et des assiettes
Et le son clair du cristal des verres
Par la fenêtre ouverte viennent les chants des
    oiseaux
       Dans les citronniers
       Et de la cuisine arrive
La chanson vive du beurre sur le feu
Un rayon traverse un verre presque plein de vin
    mélangé d'eau
Oh! le beau rubis que font du vin rouge et du
    soleil
       Quand la faim est calmée
       Les fruits gais et parfumés
       Terminent le repas
Tous se lèvent joyeux et adorent la vie
Sans dégoût de ce qui est matériel
Songeant que les repas sont beaux, sont sacrés
       Qui font vivre les hommes

# KAREN BLIXEN
## *Le dîner de Babette* *

Lorsque le démon familier aux cheveux roux ouvrit la porte de la salle à manger, et que les invités pénétrèrent lentement dans la pièce, leurs mains se quittèrent, et ils gardèrent un profond silence. Mais ce silence était doux et sympathique, car, par la pensée, ils se tenaient toujours par la main et chantaient encore.

Babette avait posé un des chandeliers au milieu de la table. Les petites flammes éclairaient les complets et les robes noires, ainsi que l'uniforme écarlate du général. Elles se reflétaient aussi dans les yeux humides de la confrérie. À leur lumière, le général Löwenhielm vit le visage de Martine, comme il l'avait vu lors de son départ, trente ans plus tôt.

Trente ans passés à Berlewaag avaient marqué ces traits. Les cheveux d'or étaient maintenant striés d'argent. Le visage, pareil à une fleur, avait lentement pris la teinte de l'albâtre ; mais que le front était resté pur ! Quelle quiétude rayonnait

* Extrait du *Dîner de Babette* (Folio n° 2007).

dans les yeux ! Que ces yeux inspiraient confiance !
Que le dessin de ces lèvres était suave, comme si
jamais elles n'avaient prononcé une parole de
colère !

Lorsque tout le monde fut assis, un des
membres de la communauté, le plus ancien, rendit grâces, en récitant le verset composé par le
pasteur lui-même :

*Puisse ce repas maintenir la force de mon corps,*
*Puisse mon corps soutenir les forces de mon âme,*
*Puisse mon âme, en actes et en paroles,*
*Louer le Seigneur pour tous ses bienfaits !*

Au mot de « repas », les invités inclinèrent leur
tête sur leurs mains jointes, se rappelant qu'ils
avaient promis de ne pas dire un mot concernant
la nourriture, et ils renouvelèrent cette promesse
dans leur cœur. Ils n'accorderaient même pas une
pensée à ce qu'on leur servirait.

Ils étaient installés autour d'une table servie...
Eh bien ! n'avait-on pas fait de même aux Noces
de Cana ? Et la Grâce avait choisi de se manifes-
ter à ces noces, dans le vin même, plus abondante
que jamais.

« Le familier » de Babette remplit les verres. Les
hôtes les portèrent gravement à leurs lèvres pour
confirmer leur résolution. Le général Löwenhielm, qui se méfiait un peu de ce vin, en prit une
gorgée, s'arrêta, éleva son verre jusqu'à son nez,
puis jusqu'à ses yeux : il était stupéfait.

« Ceci est fort étrange, pensa-t-il, voilà de

l'"Amontillado", et le meilleur Amontillado que j'aie dégusté de ma vie. »

Un peu plus tard, pour se remettre de sa surprise, il prit une cuillerée de potage, en prit une seconde, puis il déposa sa cuiller. « Étrange ! De plus en plus étrange ! murmura-t-il, car il est évident que je mange un potage à la tortue, et quel potage ! » Pris d'une sorte de curieuse panique, le général vida son verre.

Les habitants de Berlewaag n'avaient pas l'habitude de beaucoup parler en mangeant, mais les langues se délièrent en quelque sorte ce soir-là. Un vieux frère raconta sa première rencontre avec le pasteur ; un autre parla du sermon qui l'avait converti soixante ans plus tôt. Une femme âgée, celle qui avait reçu les confidences de Martine concernant ses inquiétudes, rappela à ses amis que, dans l'affliction, le devoir de tous les frères et de toutes les sœurs leur commandait de partager avec empressement les fardeaux des autres.

Le général Löwenhielm, qui devait diriger la conversation, dit que le recueil de sermons du pasteur était un des livres préférés de la reine. Mais l'arrivée d'un nouveau plat réduisit le général au silence.

« Incroyable ! Incroyable ! se disait-il *in petto*, ce sont des blinis Demidoff ! »

Il jeta un regard sur les autres convives : ils mangeaient paisiblement leurs blinis Demidoff, sans le moindre signe de surprise ou d'approbation, comme s'ils n'avaient fait que cela tous les jours pendant trente ans.

De l'autre côté de la table, une sœur évoqua des

faits étranges qui s'étaient passés au temps où le pasteur était encore parmi ses enfants et qu'on pourrait qualifier de miracles.

Les autres se rappelaient-ils que le pasteur avait promis de faire un sermon de Noël dans un village situé de l'autre côté du fjord ? Il avait fait si mauvais temps pendant quinze jours que pas un marin, pas un pêcheur ne se risqua à faire la traversée. Le village perdit tout espoir de voir arriver le prédicateur. Mais celui-ci annonça que, si aucune barque ne le transportait, il marcherait sur la mer.

— Et vous en souvenez-vous ? La veille de Noël, la tempête cessa, le gel s'installa, et le fjord ne fut plus qu'une glace d'une rive à l'autre. La chose ne s'était pas produite de mémoire d'homme.

Le serveur remplit les verres une fois de plus.

Cette fois, les frères et les sœurs reconnurent que ce qu'on leur versait n'était pas du vin, car le liquide pétillait : ce devait être une espèce de limonade. Cette limonade convenait parfaitement à l'exaltation de leurs esprits ; ils avaient l'impression qu'elle les emportait au-delà de la terre, dans une sphère plus pure, plus éthérée.

Le général Löwenhielm déposa son verre et, se retournant vers son voisin, lui dit : « Voilà certainement du "Veuve Clicquot" 1860 ! »

Le voisin lui adressa un sourire amical et lui parla du temps qu'il faisait.

Le serveur de Babette avait reçu ses ordres précis : il ne remplit qu'une seule fois les verres de la confrérie, mais il remplissait celui du général dès qu'il était vide. Or, le général le vidait coup sur coup.

Car comment faut-il qu'un homme de bon sens se comporte quand il ne peut se fier au témoignage de ses sens ; mieux vaut être ivre que fou.

La plupart du temps, les habitants de Berlewaag éprouvaient quelques lourdeurs au cours d'un bon repas ; il n'en fut pas ainsi ce soir-là. Les convives se sentaient devenir de plus en plus légers, légers matériellement, et légers de cœur au fur et à mesure qu'ils mangeaient et buvaient. Inutile à présent de rappeler les uns aux autres le serment qu'ils avaient fait. Ils comprenaient que ce n'est pas en oubliant le manger et le boire, mais en ayant complètement renoncé à l'idée de boire et de manger, que l'homme mange et boit dans un juste état d'esprit.

Le général, quant à lui, cessa de manger et resta immobile sur sa chaise. Une fois de plus, sa mémoire le ramenait à ce dîner de Paris, auquel il avait pensé dans le traîneau : on avait servi un plat incroyablement recherché et savoureux. Il en avait demandé le nom à son voisin de table, le colonel Galliffet, qui lui avait répondu, avec un sourire, que c'étaient des « cailles en sarcophage », et il avait poursuivi en disant qu'il s'agissait là d'une invention du chef cuisinier du Café Anglais, où ils dînaient en ce moment.

Or, ce cuisinier, connu dans tout Paris pour le plus grand génie culinaire du siècle, était, chose surprenante, une femme.

— En vérité, ajouta encore le colonel Galliffet, cette femme est en train de transformer un dîner

au Café Anglais en une sorte d'affaire d'amour,
une affaire d'amour de la catégorie noble et roma-
nesque, qui ne fait pas de distinction entre l'appétit physique et l'appétit spirituel. Autrefois, je
me suis battu en duel pour l'amour d'une belle
dame ; aujourd'hui, mon jeune ami, il n'y a pas de
femme à Paris pour laquelle je serais aussi prêt à
verser mon sang que pour cette cuisinière.

Le général se tourna vers son voisin de gauche :

— Ce que nous mangeons n'est autre que des
cailles en sarcophage, dit-il.

Le voisin, qui venait d'entendre la description
d'un miracle, accorda à cette remarque un sourire
absent ; puis il hocha la tête en murmurant :

— Évidemment, que voulez-vous que ce soit
d'autre ?

La conversation avait passé des miracles opérés
par le maître aux miracles de bonté et de charité
accomplis par ses filles. Le vieux frère, qui avait
entonné le cantique, cita les paroles du pasteur :

« Les seules choses que nous pourrons empor-
ter en quittant cette vie terrestre seront celles que
nous aurons données aux autres. »

Les invités sourirent. Quels nababs ces pauvres
et simples filles ne seront-elles pas dans l'au-delà ?

Le général Löwenhielm ne s'étonnait plus de
rien. Quelques minutes plus tard, en voyant arriver sur la table des raisins, des pêches et des
figues fraîches, il sourit à son vis-à-vis et dit :

— Les beaux raisins !

et le voisin répondit :

— « Ils arrivèrent jusqu'à la vallée d'Eschol, où
ils coupèrent une branche de vigne avec une

grappe de raisins qu'ils portèrent à deux au moyen d'une perche. » (*Nombres*, XIII, 23.)

Alors, le général comprit que le moment était venu de faire un discours. Il se leva très droit dans son bel uniforme. Nul autre parmi les convives ne s'était levé pour faire un discours. Les vieux membres de la communauté ouvrirent tout grands leurs yeux, dans une joyeuse attente. Ils étaient accoutumés à voir des marins et des vagabonds ivres morts par l'effet de la grossière eau-de-vie du pays, mais ils ne reconnurent pas chez le brillant soldat, qui fréquentait les cours princières, les traces de l'ivresse due au plus noble vin de ce monde.

## ALPHONSE DAUDET

## Les trois messes basses *

### I

— Deux dindes truffées, Garrigou ?...

— Oui, mon révérend, deux dindes magnifiques bourrées de truffes. J'en sais quelque chose, puisque c'est moi qui ai aidé à les remplir. On aurait dit que leur peau allait craquer en rôtissant, tellement elle était tendue...

— Jésus-Maria ! moi qui aime tant les truffes !... Donne-moi vite mon surplis, Garrigou... Et avec les dindes, qu'est-ce que tu as encore aperçu à la cuisine ?...

— Oh ! toutes sortes de bonnes choses... Depuis midi nous n'avons fait que plumer des faisans, des huppes, des gelinottes, des coqs de bruyère. La plume en volait partout... Puis de l'étang on a apporté des anguilles, des carpes dorées, des truites, des...

— Grosses comment, les truites, Garrigou ?

* Extrait de *Lettres de mon moulin* (Folio n° 3239).

— Grosses comme ça, mon révérend...
Énormes !...

— Oh ! Dieu ! il me semble que je les vois... As-
tu mis le vin dans les burettes ?

— Oui, mon révérend, j'ai mis le vin dans les
burettes... Mais dame ! il ne vaut pas celui que vous
boirez tout à l'heure en sortant de la messe de
minuit. Si vous voyiez cela dans la salle à manger
du château, toutes ces carafes qui flambent pleines
de vins de toutes les couleurs... Et la vaisselle d'argent, les surtouts ciselés, les fleurs, les candélabres !... Jamais il ne se sera vu un réveillon pareil.
Monsieur le marquis a invité tous les seigneurs du
voisinage. Vous serez au moins quarante à table,
sans compter le bailli ni le tabellion... Ah ! vous
êtes bien heureux d'en être, mon révérend !... Rien
que d'avoir flairé ces belles dindes, l'odeur des
truffes me suit partout... Meuh !...

— Allons, allons, mon enfant. Gardons-nous du
péché de gourmandise, surtout la nuit de la Nati-
vité... Va bien vite allumer les cierges et sonner le
premier coup de la messe ; car voilà que minuit est
proche, et il ne faut pas nous mettre en retard...

Cette conversation se tenait une nuit de Noël de
l'an de grâce mil six cent et tant, entre le révérend
dom Balaguère, ancien prieur des Barnabites,
présentement chapelain gagé des sires de Trinquelage, et son petit clerc Garrigou, ou du moins
ce qu'il croyait être le petit clerc Garrigou, car
vous saurez que le diable, ce soir-là, avait pris la
face ronde et les traits indécis du jeune sacristain
pour mieux induire le révérend père en tentation
et lui faire commettre un épouvantable péché de

gourmandise. Donc, pendant que le soi-disant Garrigou (hum! hum!) faisait à tour de bras carillonner les cloches de la chapelle seigneuriale, le révérend achevait de revêtir sa chasuble dans la petite sacristie du château; et, l'esprit déjà troublé par toutes ces descriptions gastronomiques, il se répétait à lui-même en s'habillant:

— Des dindes rôties... des carpes dorées... des truites grosses comme ça!...

Dehors, le vent de la nuit soufflait en éparpillant la musique des cloches, et, à mesure, des lumières apparaissaient dans l'ombre aux flancs du mont Ventoux, en haut duquel s'élevaient les vieilles tours de Trinquelage. C'étaient des familles de métayers qui venaient entendre la messe de minuit au château. Ils grimpaient la côte en chantant par groupes de cinq ou six, le père en avant, la lanterne à la main, les femmes enveloppées dans leurs grandes mantes brunes où les enfants se serraient et s'abritaient. Malgré l'heure et le froid, tout ce brave peuple marchait allègrement, soutenu par l'idée qu'au sortir de la messe il y aurait, comme tous les ans, table mise pour eux en bas dans les cuisines. De temps en temps, sur la rude montée, le carrosse d'un seigneur précédé de porteurs de torches, faisait miroiter ses glaces au clair de lune, ou bien une mule trottait en agitant ses sonnailles, et à la lueur des falots enveloppés de brumes, les métayers reconnaissaient leur bailli et le saluaient au passage:

— Bonsoir, bonsoir, maître Arnoton!

— Bonsoir, bonsoir, mes enfants!

La nuit était claire, les étoiles avivées de froid;

la bise piquait, et un fin grésil, glissant sur les vêtements sans les mouiller, gardait fidèlement la tradition des Noëls blancs de neige. Tout en haut de la côte, le château apparaissait comme le but, avec sa masse énorme de tours, de pignons, le clocher de sa chapelle montant dans le ciel bleu-noir, et une foule de petites lumières qui clignotaient, allaient, venaient, s'agitaient à toutes les fenêtres, et ressemblaient, sur le fond sombre du bâtiment, aux étincelles courant dans des cendres de papier brûlé... Passé le pont-levis et la poterne, il fallait, pour se rendre à la chapelle, traverser la première cour, pleine de carrosses, de valets, de chaises à porteurs, toute claire du feu des torches et de la flambée des cuisines. On entendait le tintement des tournebroches, le fracas des casseroles, le choc des cristaux et de l'argenterie remués dans les apprêts d'un repas ; par là-dessus, une vapeur tiède, qui sentait bon les chairs rôties et les herbes fortes des sauces compliquées, faisait dire aux métayers comme au chapelain, comme au bailli, comme à tout le monde :

— Quel bon réveillon nous allons faire après la messe !

## II

Drelindin din !... Drelindin din !...
C'est la messe de minuit qui commence. Dans la chapelle du château, une cathédrale en minia-

ture, aux arceaux entrecroisés, aux boiseries de chêne, montant jusqu'à hauteur des murs, les tapisseries ont été tendues, tous les cierges allumés. Et que de monde ! Et que de toilettes ! Voici d'abord, assis dans les stalles sculptées qui entourent le chœur, le sire de Trinquelage, en habit de taffetas saumon, et près de lui tous les nobles seigneurs invités. En face, sur des prie-Dieu garnis de velours, ont pris place la vieille marquise douairière dans sa robe de brocart couleur de feu et la jeune dame de Trinquelage, coiffée d'une haute tour de dentelle gaufrée à la dernière mode de la cour de France. Plus bas on voit, vêtus de noir avec de vastes perruques en pointe et des visages rasés, le bailli Thomas Arnoton et le tabellion maître Ambroy, deux notes graves parmi les soies voyantes et les damas brochés. Puis viennent les gras majordomes, les pages, les piqueurs, les intendants, dame Barbe, toutes ses clefs pendues sur le côté à un clavier d'argent fin. Au fond, sur les bancs, c'est le bas office, les servantes, les métayers avec leurs familles ; et enfin, là-bas, tout contre la porte qu'ils entrouvrent et referment discrètement, messieurs les marmitons qui viennent entre deux sauces prendre un petit air de messe et apporter une odeur de réveillon dans l'église toute en fête et tiède de tant de cierges allumés.

Est-ce la vue de ces petites barrettes blanches qui donne des distractions à l'officiant ? Ne serait-ce pas plutôt la sonnette de Garrigou, cette enragée petite sonnette qui s'agite au pied de l'autel avec une précipitation infernale et semble dire tout le temps :

— Dépêchons-nous, dépêchons-nous... Plus tôt nous aurons fini, plus tôt nous serons à table.

Le fait est que chaque fois qu'elle tinte, cette sonnette du diable, le chapelain oublie sa messe et ne pense plus qu'au réveillon. Il se figure les cuisiniers en rumeur, les fourneaux où brûle un feu de forge, la buée qui monte des couvercles entrouverts, et dans cette buée deux dindes magnifiques, bourrées, tendues, marbrées de truffes...

Ou bien encore il voit passer des files de pages portant des plats enveloppés de vapeurs tentantes, et avec eux il entre dans la grande salle déjà prête pour le festin. Ô délices ! voilà l'immense table toute chargée et flamboyante, les paons habillés de leurs plumes, les faisans écartant leurs ailes mordorées, les flacons couleur de rubis, les pyramides de fruits éclatants parmi les branches vertes, et ces merveilleux poissons dont parlait Garrigou (ah ! bien oui, Garrigou !) étalés sur un lit de fenouil, l'écaille nacrée comme s'ils sortaient de l'eau, avec un bouquet d'herbes odorantes dans leurs narines de monstres. Si vive est la vision de ces merveilles, qu'il semble à dom Balaguère que tous ces plats mirifiques sont servis devant lui sur les broderies de la nappe d'autel, et deux ou trois fois, au lieu de *Dominus vobiscum !* il se surprend à dire le *Benedicite*. À part ces légères méprises, le digne homme débite son office très consciencieusement, sans passer une ligne, sans omettre une génuflexion ; et tout marche assez bien jusqu'à la fin de la première messe ; car vous savez que le jour de Noël le même officiant doit célébrer trois messes consécutives.

— Et d'une ! se dit le chapelain avec un soupir de soulagement ; puis, sans perdre une minute, il fait signe à son clerc ou celui qu'il croit être son clerc, et...

Drelindin din !... Drelindin din !

C'est la seconde messe qui commence, et avec elle commence aussi le péché de dom Balaguère.

— Vite, vite, dépêchons-nous, lui crie de sa petite voix aigrelette la sonnette de Garrigou, et cette fois le malheureux officiant, tout abandonné au démon de gourmandise, se rue sur le missel et dévore les pages avec l'avidité de son appétit en surexcitation. Frénétiquement il se baisse, se relève, esquisse les signes de croix, les génuflexions, raccourcit tous ses gestes pour avoir plus tôt fini. À peine s'il étend ses bras à l'Évangile, s'il frappe sa poitrine au *Confiteor*. Entre le clerc et lui c'est à qui bredouillera le plus vite. Versets et réponses se précipitent, se bousculent. Les mots à moitié prononcés, sans ouvrir la bouche, ce qui prendrait trop de temps, s'achèvent en murmures incompréhensibles.

*Oremus ps... ps... ps...*

*Mea culpa... pa... pa...*

Pareils à des vendangeurs pressés foulant le raisin de la cuve, tous deux barbotent dans le latin de la messe, en envoyant des éclaboussures de tous les côtés.

*Dom... scum !...* dit Balaguère.

*... Stutuo !...* répond Garrigou ; et tout le temps la damnée petite sonnette est là qui tinte à leurs oreilles, comme ces grelots qu'on met aux chevaux de poste pour les faire galoper à la grande

vitesse. Pensez que de ce train-là une messe basse est vite expédiée.

— Et de deux! dit le chapelain tout essoufflé; puis sans prendre le temps de respirer, rouge, suant, il dégringole les marches de l'autel et...

Drelindin din!... Drelindin din!...

C'est la troisième messe qui commence. Il n'y a plus que quelques pas à faire pour arriver à la salle à manger; mais, hélas! à mesure que le réveillon approche, l'infortuné Balaguère se sent pris d'une folie d'impatience et de gourmandise. Sa vision s'accentue, les carpes dorées, les dindes rôties, sont là, là... Il les touche; ... il les... Oh! Dieu!... Les plats fument, les vins embaument; et secouant son grelot enragé, la petite sonnette lui crie :

— Vite, vite, encore plus vite!...

Mais comment pourrait-il aller plus vite? Ses lèvres remuent à peine. Il ne prononce plus les mots... À moins de tricher tout à fait le bon Dieu et de lui escamoter sa messe... Et c'est ce qu'il fait, le malheureux!... De tentation en tentation il commence par sauter un verset, puis deux. Puis l'épître est trop longue, il ne la finit pas, effleure l'Évangile, passe devant le *Credo* sans entrer, saute le *Pater*, salue de loin la préface, et par bonds et par élans se précipite ainsi dans la damnation éternelle, toujours suivi de l'infâme Garrigou (*vade retro, Satanas!*) qui le seconde avec une merveilleuse entente, lui relève sa chasuble, tourne les feuillets deux par deux, bouscule les pupitres, renverse les burettes, et sans cesse secoue la petite sonnette de plus en plus fort, de plus en plus vite.

Il faut voir la figure effarée que font tous les assistants! Obligés de suivre à la mimique du prêtre cette messe dont ils n'entendent pas un mot, les uns se lèvent quand les autres s'agenouillent, s'asseyent quand les autres sont debout; et toutes les phases de ce singulier office se confondent sur les bancs dans une foule d'attitudes diverses. L'étoile de Noël en route dans les chemins du ciel, là-bas, vers la petite étable, pâlit d'épouvante en voyant cette confusion...

— L'abbé va trop vite... On ne peut pas suivre, murmure la vieille douairière en agitant sa coiffe avec égarement.

Maître Arnoton, ses grandes lunettes d'acier sur le nez, cherche dans son paroissien où diantre on peut bien en être. Mais au fond, tous ces braves gens, qui eux aussi pensent à réveillonner, ne sont pas fâchés que la messe aille ce train de poste; et quand dom Balaguère, la figure rayonnante, se tourne vers l'assistance en criant de toutes ses forces : *Ite, missa est*, il n'y a qu'une voix dans la chapelle pour lui répondre un *Deo gratias* si joyeux, si entraînant, qu'on se croirait déjà à table au premier toast du réveillon.

### III

Cinq minutes après, la foule des seigneurs s'asseyait dans la grande salle, le chapelain au milieu d'eux. Le château, illuminé de haut en bas, retentissait de chants, de cris, de rires, de rumeurs ; et le vénérable dom Balaguère plantait sa fourchette dans une aile de gelinotte, noyant le remords de son péché sous des flots de vin du pape et de bons jus de viandes. Tant il but et mangea, le pauvre saint homme, qu'il mourut dans la nuit d'une terrible attaque, sans avoir eu seulement le temps de se repentir ; puis, au matin, il arriva dans le ciel encore tout en rumeur des fêtes de la nuit, et je vous laisse à penser comme il y fut reçu.

— Retire-toi de mes yeux, mauvais chrétien ! lui dit le souverain Juge, notre maître à tous. Ta faute est assez grande pour effacer toute une vie de vertu... Ah ! tu m'as volé une messe de nuit... Eh bien ! tu m'en payeras trois cents en place, et tu n'entreras en paradis que quand tu auras célébré dans ta propre chapelle ces trois cents messes de Noël en présence de tous ceux qui ont péché par ta faute et avec toi...

... Et voilà la vraie légende de dom Balaguère comme on la raconte au pays des olives. Aujourd'hui le château de Trinquelage n'existe plus, mais la chapelle se tient encore droite tout en haut du mont Ventoux, dans un bouquet de chênes verts. Le vent fait battre sa porte disjointe, l'herbe encombre le seuil ; il y a des nids aux angles de l'autel et dans l'embrasure des hautes croisées dont les vitraux coloriés ont disparu depuis longtemps. Cependant il paraît que tous les ans, à Noël, une lumière surnaturelle erre parmi ces ruines, et qu'en allant aux messes et aux réveillons, les paysans aperçoivent ce spectre de chapelle éclairé de cierges invisibles qui brûlent au grand air, même sous la neige et le vent. Vous en rirez si vous voulez, mais un vigneron de l'endroit, nommé Garrigue, sans doute un descendant de Garrigou, m'a affirmé qu'un soir de Noël, se trouvant un peu en ribote, il s'était perdu dans la montagne du côté de Trinquelage ; et voici ce qu'il avait vu... Jusqu'à onze heures, rien. Tout était silencieux, éteint, inanimé. Soudain, vers minuit, un carillon sonna tout en haut du clocher, un vieux, vieux carillon qui avait l'air d'être à dix lieues. Bientôt, dans le chemin qui monte, Garrigue vit trembler des feux, s'agiter des ombres indécises. Sous le porche de la chapelle, on marchait, on chuchotait :

— Bonsoir, maître Arnoton !

— Bonsoir, bonsoir, mes enfants !...

Quand tout le monde fut entré, mon vigneron, qui était très brave, s'approcha doucement, et regardant par la porte cassée eut un singulier spectacle. Tous ces gens qu'il avait vus passer étaient rangés autour du chœur, dans la nef en ruine, comme si les anciens bancs existaient encore. De belles dames en brocart avec des coiffes de dentelle, des seigneurs chamarrés du haut en bas, des paysans en jaquettes fleuries ainsi qu'en avaient nos grands-pères, tous l'air vieux, fané, poussiéreux, fatigué. De temps en temps, des oiseaux de nuit, hôtes habituels de la chapelle, réveillés par toutes ces lumières, venaient rôder autour des cierges dont la flamme montait droite et vague comme si elle avait brûlé derrière une gaze ; et ce qui amusait beaucoup Garrigue, c'était un certain personnage à grandes lunettes d'acier, qui secouait à chaque instant sa haute perruque noire sur laquelle un de ces oiseaux se tenait droit tout empêtré en battant silencieusement des ailes.

Dans le fond, un petit vieillard de taille enfantine, à genoux au milieu du chœur, agitait désespérément une sonnette sans grelot et sans voix, pendant qu'un prêtre, habillé de vieil or, allait, venait devant l'autel en récitant des oraisons dont on n'entendait pas un mot... Bien sûr c'était dom Balaguère, en train de dire sa troisième messe basse.

# GUSTAVE FLAUBERT
## *Le repas de noces d'Emma Bovary* *

C'était sous le hangar de la charretterie que la table était dressée. Il y avait dessus quatre aloyaux, six fricassées de poulets, du veau à la casserole, trois gigots, et, au milieu, un joli cochon de lait rôti, flanqué de quatre andouilles à l'oseille. Aux angles, se dressait l'eau-de-vie dans des carafes. Le cidre doux en bouteilles poussait sa mousse épaisse autour des bouchons, et tous les verres, d'avance, avaient été remplis de vin jusqu'au bord. De grands plats de crème jaune, qui flottaient d'eux-mêmes au moindre choc de la table, présentaient, dessinés sur leur surface unie, les chiffres des nouveaux époux en arabesques de nonpareille. On avait été chercher un pâtissier à Yvetot, pour les tourtes et les nougats. Comme il débutait dans le pays, il avait soigné les choses; et il apporta, lui-même, au dessert, une pièce montée qui fit pousser des cris. À la base, d'abord, c'était un carré de carton bleu figurant un temple avec portiques, colon-

* Extrait de *Madame Bovary* (Folio n° 3512).

nades et statuettes de stuc tout autour, dans des
niches constellées d'étoiles en papier doré ; puis
se tenait au second étage un donjon en gâteau
de Savoie, entouré de menues fortifications
en angélique, amandes, raisins secs, quartiers
d'oranges ; et enfin, sur la plate-forme supérieure, qui était une prairie verte où il y avait des
rochers avec des lacs de confitures et des bateaux
en écales de noisettes, on voyait un petit Amour,
se balançant à une escarpolette de chocolat, dont
les deux poteaux étaient terminés par deux boutons de rose naturels, en guise de boules, au som-
met.

Jusqu'au soir, on mangea. Quand on était trop
fatigué d'être assis, on allait se promener dans les
cours ou jouer une partie de bouchon dans la
grange ; puis on revenait à table. Quelques-uns,
vers la fin, s'y endormirent et ronflèrent. Mais, au
café, tout se ranima ; alors on entama des chan-
sons, on fit des tours de force, on portait des
poids, on passait sous son pouce, on essayait à
soulever les charrettes sur ses épaules, on disait
des gaudrioles, on embrassait les dames. Le soir,
pour partir, les chevaux gorgés d'avoine jusqu'aux naseaux, eurent du mal à entrer dans les
brancards ; ils ruaient, se cabraient, les harnais
se cassaient, leurs maîtres juraient ou riaient ; et
toute la nuit, au clair de la lune, par les routes du
pays, il y eut des carrioles emportées qui cou-
raient au grand galop, bondissant dans les sai-
gnées, sautant par-dessus les mètres de cailloux,
s'accrochant aux talus, avec des femmes qui se

penchaient en dehors de la portière pour saisir les guides.

Ceux qui restèrent aux Bertaux passèrent la nuit à boire dans la cuisine. Les enfants s'étaient endormis sous les bancs.

GUY DE MAUPASSANT

## Le cabinet privé du Café Riche *

On le fit monter au second étage, et on l'introduisit dans un petit salon de restaurant, tendu de rouge et ouvrant sur le boulevard son unique fenêtre.

Une table carrée, de quatre couverts, étalait sa nappe blanche, si luisante qu'elle semblait vernie ; et les verres, l'argenterie, le réchaud brillaient gaiement sous la flamme de douze bougies portées par deux hauts candélabres.

Au-dehors on apercevait une grande tache d'un vert clair que faisaient les feuilles d'un arbre, éclairées par la lumière vive des cabinets particuliers.

Duroy s'assit sur un canapé très bas, rouge comme les tentures des murs, et dont les ressorts fatigués, s'enfonçant sous lui, lui donnèrent la sensation de tomber dans un trou. Il entendait dans toute cette vaste maison une rumeur confuse, ce bruissement des grands restaurants fait du bruit des vaisselles et des argenteries heur-

* Extrait de *Bel-Ami* (Folio n° 3227).

tées, du bruit des pas rapides des garçons, adoucis par le tapis des corridors, du bruit des portes un moment ouvertes et qui laissent échapper le son des voix de tous ces étroits salons où sont enfermés des gens qui dînent. Forestier entra et lui serra la main avec une familiarité cordiale, qu'il ne lui témoignait jamais dans les bureaux de *la Vie Française*.

— Ces deux dames vont arriver ensemble, dit-il ; c'est très gentil ces dîners-là !

Puis il regarda la table, fit éteindre tout à fait un bec de gaz qui brûlait en veilleuse, ferma un battant de la fenêtre, à cause du courant d'air, et choisit sa place bien à l'abri, en déclarant : — Il faut que je fasse grande attention ; j'ai été mieux pendant un mois, et me voici repris depuis quelques jours. J'aurai attrapé froid mardi en sortant du théâtre.

On ouvrit la porte et les deux jeunes femmes parurent, suivies d'un maître d'hôtel, voilées, cachées, discrètes, avec cette allure de mystère charmant, qu'elles prennent en ces endroits où les voisinages et les rencontres sont suspects.

Comme Duroy saluait Mme Forestier, elle le gronda fort de n'être pas revenu la voir, puis elle ajouta, avec un sourire vers son amie : — C'est ça, vous me préférez Mme de Marelle, vous trouvez bien le temps pour elle.

Puis on s'assit, et le maître d'hôtel ayant présenté à Forestier la carte des vins, Mme de Marelle s'écria : — Donnez à ces messieurs ce qu'ils voudront ; quant à nous, du champagne frappé, du meilleur, du champagne doux par exemple, rien autre chose. — Et l'homme étant sorti, elle annonça avec un rire excité : — Je veux me pocharder ce soir, nous allons faire une noce, une vraie noce.

Forestier, qui paraissait n'avoir point entendu, demanda : — Cela ne vous ferait-il rien qu'on fermât la fenêtre ? J'ai la poitrine un peu prise depuis quelques jours.

— Non, rien du tout.

Il alla donc pousser le battant resté entrouvert et il revint s'asseoir avec un visage rasséréné, tranquillisé.

Sa femme ne disait rien, paraissait absorbée ; et, les yeux baissés vers la table, elle souriait aux verres, de ce sourire vague qui semblait promettre toujours pour ne jamais tenir.

Les huîtres d'Ostende furent apportées, mignonnes et grasses, semblables à de petites oreilles enfermées en des coquilles, et fondant entre le palais et la langue ainsi que des bonbons salés.

Puis, après le potage, on servit une truite rose comme de la chair de jeune fille ; et les convives commencèrent à causer.

On parla d'abord d'un cancan qui courait les rues, l'histoire d'une femme du monde surprise, par un ami de son mari, soupant avec un prince étranger en cabinet particulier.

Forestier riait beaucoup de l'aventure ; les deux femmes déclaraient que le bavard indiscret n'était qu'un goujat et qu'un lâche. Duroy fut de leur avis et proclama bien haut qu'un homme a le devoir d'apporter en ces sortes d'affaires, qu'il soit acteur, confident ou simplement témoin, un silence de tombeau. Il ajouta : — Comme la vie serait pleine de choses charmantes si nous pouvions compter sur la discrétion absolue les uns des autres. Ce qui arrête souvent, bien souvent, presque toujours les femmes, c'est la peur du secret dévoilé.

Puis il ajouta, souriant : — Voyons, n'est-ce pas vrai ?

Combien y en a-t-il qui s'abandonneraient à un rapide désir, au caprice brusque et violent d'une heure, à une fantaisie d'amour, si elles ne craignaient de payer par un scandale irrémédiable et par des larmes douloureuses un court et léger bonheur !

Il parlait avec une conviction contagieuse, comme s'il avait plaidé une cause, sa cause, comme s'il eût dit : — Ce n'est pas avec moi qu'on aurait à craindre de pareils dangers. Essayez pour voir.

Elles le contemplaient toutes les deux, l'approuvant du regard, trouvant qu'il parlait bien et juste, confessant par leur silence ami que leur morale flexible de Parisiennes n'aurait pas tenu longtemps devant la certitude du secret.

Et Forestier, presque couché sur le canapé, une jambe repliée sous lui, la serviette glissée dans son gilet pour ne point maculer son habit, déclara tout à coup, avec un rire convaincu de sceptique :

— Sacristi oui, on s'en payerait si on était sûr du silence. Bigre de bigre ! les pauvres maris !

Et on se mit à parler d'amour. Sans l'admettre éternel, Duroy le comprenait durable, créant un

lien, une amitié tendre, une confiance! L'union
des sens n'était qu'un sceau à l'union des cœurs.
Mais il s'indignait des jalousies harcelantes, des
drames, des scènes, des misères qui, presque toujours, accompagnent les ruptures.

Quand il se tut, Mme de Marelle soupira :

— Oui, c'est la seule bonne chose de la vie, et
nous la gâtons souvent par des exigences impossibles.

Mme Forestier, qui jouait avec un couteau,
ajouta : — Oui... oui... c'est bon d'être aimée...

Et elle semblait pousser plus loin son rêve, songer à des choses qu'elle n'osait point dire.

Et comme la première entrée n'arrivait pas, ils
buvaient de temps en temps une gorgée de champagne en grignotant des croûtes arrachées sur le
dos des petits pains ronds. Et la pensée de
l'amour, lente et envahissante, entrait en eux,
enivrait peu à peu leur âme, comme le vin clair,
tombé goutte à goutte en leur gorge, échauffait
leur sang et troublait leur esprit.

On apporta des côtelettes d'agneau, tendres,
légères, couchées sur un lit épais et menu de
pointes d'asperges.

— Bigre! la bonne chose! s'écria Forestier. Et
ils mangeaient avec lenteur, savourant la viande
fine et le légume onctueux comme une crème.

Duroy reprit : — Moi, quand j'aime une femme,
tout disparaît du monde autour d'elle.

Il disait cela avec conviction, s'exaltant à la pensée de cette jouissance d'amour, dans le bien-être
de la jouissance de table qu'il goûtait.

Mme Forestier murmura, avec son air de n'y

point toucher : — Il n'y a pas de bonheur compa-
rable à la première pression des mains, quand
l'une demande : « M'aimez-vous ? » et quand l'autre
répond : « Oui, je t'aime. »

Mme de Marelle, qui venait de vider d'un trait une
nouvelle flûte de champagne, dit gaiement, en repo-
sant son verre : — Moi, je suis moins platonique.

Et chacun se mit à ricaner, l'œil allumé, en
approuvant cette parole.

Forestier s'étendit sur le canapé, ouvrit les bras,
les appuya sur des coussins et d'un ton sérieux :
— Cette franchise vous honore et prouve que
vous êtes une femme pratique. Mais peut-on vous
demander quelle est l'opinion de M. de Marelle ?

Elle haussa les épaules lentement, avec un
dédain infini, prolongé, puis d'une voix nette :
— M. de Marelle n'a pas d'opinion en cette
matière. Il n'a que des... que des abstentions.

Et la causerie, descendant des théories élevées
sur la tendresse, entra dans le jardin fleuri des
polissonneries distinguées.

Ce fut le moment des sous-entendus adroits, des
voiles levés par des mots, comme on lève des
jupes, le moment des ruses de langage, des
audaces habiles et déguisées, de toutes les hypo-
crisies impudiques, de la phrase qui montre des
images dévêtues avec des expressions couvertes,
qui fait passer dans l'œil et dans l'esprit la vision
rapide de tout ce qu'on ne peut pas dire, et per-
met aux gens du monde une sorte d'amour subtil
et mystérieux, une sorte de contact impur des
pensées par l'évocation simultanée, troublante et
sensuelle comme une étreinte, de toutes les

choses secrètes, honteuses et désirées de l'enlacement. On avait apporté le rôti, des perdreaux flanqués de cailles, puis des petits pois, puis une terrine de foies gras accompagnée d'une salade aux feuilles dentelées, emplissant comme une mousse verte un grand saladier en forme de cuvette. Ils avaient mangé de tout cela sans y goûter, sans s'en douter, uniquement préoccupés de ce qu'ils disaient, plongés dans un bain d'amour.

Les deux femmes, maintenant, en lançaient de roides, Mme de Marelle avec une audace naturelle qui ressemblait à une provocation, Mme Forestier avec une réserve charmante, une pudeur dans le ton, dans la voix, dans le sourire, dans toute l'allure, qui soulignait, en ayant l'air de les atténuer, les choses hardies sorties de sa bouche.

Forestier, tout à fait vautré sur les coussins, riait, buvait, mangeait sans cesse et jetait parfois une parole tellement osée ou tellement crue que les femmes, un peu choquées par la forme et pour la forme, prenaient un petit air gêné qui durait deux ou trois secondes. Quand il avait lâché quelque polissonnerie trop grosse, il ajoutait :

— Vous allez bien, mes enfants. Si vous continuez comme ça, vous finirez par faire des bêtises.

Le dessert vint, puis le café ; et les liqueurs versèrent dans les esprits excités un trouble plus lourd et plus chaud.

Comme elle l'avait annoncé en se mettant à table, Mme de Marelle était pocharde, et elle le reconnaissait, avec une grâce gaie et bavarde de femme qui accentue, pour amuser ses convives, une pointe d'ivresse très réelle.

Mme Forestier se taisait maintenant, par prudence peut-être ; et Duroy, se sentant trop allumé pour ne pas se compromettre, gardait une réserve habile.

On alluma des cigarettes, et Forestier, tout à coup, se mit à tousser.

Ce fut une quinte terrible qui lui déchirait la gorge ; et, la face rouge, le front en sueur, il étouffait dans sa serviette. Lorsque la crise fut calmée, il grogna, d'un air furieux : — Ça ne me vaut rien, ces parties-là ; c'est stupide. Toute sa bonne humeur avait disparu dans la terreur du mal qui hantait sa pensée.

— Rentrons chez nous, dit-il.

Mme de Marelle sonna le garçon et demanda l'addition. On la lui apporta presque aussitôt. Elle essaya de la lire, mais les chiffres tournaient devant ses yeux, et elle passa le papier à Duroy : — Tenez, payez pour moi, je n'y vois plus, je suis trop grise.

Et elle lui jeta en même temps sa bourse dans les mains.

Le total montait à cent trente francs. Duroy contrôla et vérifia la note, puis donna deux billets, et reprit la monnaie, en demandant à mi-voix :

— Combien faut-il laisser aux garçons ?

— Ce que vous voudrez, je ne sais pas.

Il mit cinq francs sur l'assiette, puis rendit la bourse à la jeune femme, en lui disant :

— Voulez-vous que je vous reconduise à votre porte ?

— Mais certainement. Je suis incapable de retrouver mon adresse.

### FRANCES MAYES

## *Festina tarde (se hâter lentement)* *

Nous aurions pu trouver un accordéoniste, à la Fellini, et peut-être un cheval blanc pour la jeune mariée, mais la nuit fabuleuse nous suffit, et le lecteur de CD sert d'orchestre de danse au salon. Le dîner s'achèverait sur une tarte aux noisettes et aux pêches, si Ed ne se lançait pas dans une description de la *crema* et des *gelati* aux noisettes si chères à Cortona : tout le monde part en voiture. Nos hôtes sont ébahis de voir cette petite ville pleine de vie à onze heures, les habitants dehors devant une tasse de café, une glace ou peut-être un *amaro*, un digestif amer. Dans leurs poussettes, les bébés sont aussi éveillés que leurs parents, comme les adolescents sur les marches de la mairie. Seul un chat dort sur le toit d'une voiture. De police.

Le matin du mariage, Susan, Shera et moi cueillons un bouquet de lavande et de fleurs sauvages, roses et jaunes, pour Susan. Une fois tous en complets et robes de soie, nous rejoignons Cor-

* Extrait de *Sous le soleil de Toscane* (Folio n° 3183).

tona à pied par la voie romaine. Ed a pris nos chaussures de ville dans un sac en plastique. En prévision du soleil de midi, Susan a acheté pour tous de petits parasols en papier peint de Chine. Nous traversons la ville et montons les marches de la mairie du xive. Les murs de la grande salle, sombre et haute de plafond, sont ornés de tapisseries et de fresques. Les chaises sévères et droites ont un air de justice et la pièce semble conçue pour signer des traités. La municipalité a offert des roses rouges et Ed s'est arrangé pour que le Bar des Sports fasse monter, juste après la cérémonie, des verres de *prosecco* frais. Brian, le cousin de Susan, partout à la fois avec son caméscope, nous filme sous tous les angles. Le mariage est vite célébré et nous traversons la *piazza*, direction La Logetta, pour un festin toscan qui commence par une sélection typique d'*antipasti* : *crostini*, petits pains ronds aux olives, poivrons, champignons ou foies de volailles ; *prosciutto e melone* ; olives frites fourrées à la *pancetta* et aux épices ; et la *finocchiona* locale, un salami aux graines de fenouil. On nous présente ensuite un choix de *primi*, différentes entrées à goûter, parmi lesquelles des raviolis au beurre et à la sauge, et les *gnocchi di patate*, servis ici au *pesto*. Les plats arrivent les uns après les autres, pour finir en beauté avec des assiettées d'agneau et de veau rôtis et le célèbre steak grillé du Val di Chiana. Karen remarque le piano à queue couvert d'un immense vase de fleurs et insiste pour que Cole, dont c'est le métier, se mette à jouer. Je sens le regard de Ed, à l'autre bout de la table, converger vers moi aux premières notes de Scarlatti. Il y a trois semaines, tout cela n'était qu'un rêve, un effrayant projet. « *Cheers !* » lancent les cousins anglais.

De retour à la maison, nous sommes tous assommés par le soleil et la nourriture, et nous décidons d'attendre la fin de l'après-midi pour le gâteau. J'entends quelqu'un ronfler. En fait, il y a deux ronflements.

S'il manque au gâteau de noces la touche du professionnel, c'est sans doute le meilleur que j'aie jamais goûté. Honneur aux noix de notre jardin. Shera et Kevin sont partis de nouveau danser dans le salon. D'autres sont allés tout au bout de la propriété profiter du point de vue sur la vallée et le lac. Impossible de décider si nous allons dîner ou si nous nous en passons. Nous finissons par rejoindre Camucia en quête de pizzas. Comme nos restaurants préférés sont fermés, nous nous retrouvons dans un bistro vraiment quelconque, sans aucun caractère. Mais les pizzas sont excellentes et personne ne semble remarquer la poussière grise des rideaux ou le chat qui a sauté sur la table voisine et termine le dîner d'un client parti. Au bout de la nôtre, main dans la main, les deux jeunes mariés forment un duo enchanté.

Susan et Cole ont repris la route de Lucca, puis de la France ; leur famille est partie.

Shera et Kevin restent encore quelques jours. Nous allons, Ed et moi, chez le *marmista* choisir un épais marbre blanc pour les plans de travail. Ils sont taillés le lendemain et nous les chargeons, Ed, Kevin et moi, dans le coffre de la voiture. La

cuisine prend soudain l'allure que j'escomptais :
sol dallé, appareils blancs, grand évier, étagères
en bois, comptoirs marbrés. Je couds un rideau à
carreaux bleus pour couvrir le bas de l'évier, puis
je suspends de l'ail tressé et des touffes d'herbes
séchées aux étagères murales. Nous trouvons en
ville un vieux dressoir rustique. Le châtaignier
noir est du meilleur effet contre le mur blanc.
Enfin de quoi ranger toutes les tasses et bols de
céramique aux motifs régionaux que nous rap-
portons de nos promenades.

Tout le monde est parti et nous finissons le
gâteau. Ed entame une de ses nombreuses listes
— on devrait en tapisser une pièce — de nouveaux
projets à réaliser. La cuisine est irrésistiblement
belle et la pleine saison des fruits et des légumes
approche. 4 juillet : il reste une grande partie de
l'été. Ma fille va venir. Des amis en vacances s'ar-
rêteront déjeuner ou passer la nuit. Nous sommes
prêts.

# ÉMILE ZOLA
## *La fête de Gervaise* *

Enfin, Gervaise servait le potage aux pâtes d'Italie, les invités prenaient leurs cuillers, lorsque Virginie fit remarquer que Coupeau avait encore disparu. Il était peut-être bien retourné chez le père Colombe. Mais la société se fâcha. Cette fois, tant pis ! on ne courait pas après lui, il pouvait rester dans la rue, s'il n'avait pas faim. Et, comme les cuillers tapaient au fond des assiettes, Coupeau reparut, avec deux pots, un sous chaque bras, une giroflée et une balsamine. Toute la table battit des mains. Lui, galant, alla poser ses pots, l'un à droite, l'autre à gauche du verre de Gervaise ; puis, il se pencha, et, l'embrassant :

« Je t'avais oubliée, ma biche... Ça n'empêche pas, on s'aime tout de même, dans un jour comme le jour d'aujourd'hui.

— Il est très bien, M. Coupeau, ce soir, murmura Clémence à l'oreille de Boche. Il a tout ce qu'il lui faut, juste assez pour être aimable. »

La bonne manière du patron rétablit la gaieté,

---

* Extrait de *L'Assommoir* (Folio n° 3303).

un moment compromise. Gervaise, tranquillisée, était redevenue toute souriante. Les convives achevaient le potage. Puis les litres circulèrent, et l'on but le premier verre de vin, quatre doigts de vin pur, pour faire couler les pâtes. Dans la pièce voisine, on entendait les enfants se disputer. Il y avait là Étienne, Nana, Pauline et le petit Victor Fauconnier. On s'était décidé à leur installer une table pour eux quatre, en leur recommandant d'être bien sages. Ce louchon d'Augustine, qui surveillait les fourneaux, devait manger sur ses genoux.

« Maman ! maman ! s'écria brusquement Nana, c'est Augustine qui laisse tomber son pain dans la rôtissoire ! »

La blanchisseuse accourut et surprit le louchon en train de se brûler le gosier, pour avaler plus vite une tartine toute trempée de graisse d'oie bouillante. Elle la calotta, parce que cette satanée gamine criait que ce n'était pas vrai.

Après le bœuf, quand la blanquette apparut, servie dans un saladier, le ménage n'ayant pas de plat assez grand, un rire courut parmi les convives.

« Ça va devenir sérieux », déclara Poisson, qui parlait rarement.

Il était sept heures et demie. Ils avaient fermé la porte de la boutique, afin de ne pas être mouchardés par le quartier ; en face surtout, le petit horloger ouvrait des yeux comme des tasses, et leur ôtait les morceaux de la bouche, d'un regard si glouton, que ça les empêchait de manger. Les rideaux pendus devant les vitres laissaient tomber une grande lumière blanche, égale, sans une ombre, dans laquelle baignait la table, avec ses couverts encore symétriques, ses pots de fleurs habillés de hautes collerettes de papier ; et cette clarté pâle, ce lent crépuscule donnait à la société un air distingué. Virginie trouva le mot : elle regarda la pièce, close et tendue de mousseline, et déclara que c'était gentil. Quand une charrette passait dans la rue, les verres sautaient sur la nappe, les dames étaient obligées de crier aussi fort que les hommes. Mais on causait peu, on se tenait bien, on se faisait des politesses. Coupeau seul était en blouse, parce que, disait-il, on n'a pas besoin de se gêner avec des amis, et que la blouse est du reste le vêtement d'honneur de l'ouvrier. Les dames, sanglées dans leur corsage, avaient des bandeaux empâtés de pommade, où le jour se reflétait ; tandis que les messieurs, assis loin de la table, bombaient la poitrine et écartaient les coudes, par crainte de tacher leur redingote.

Ah ! tonnerre ! quel trou dans la blanquette ! Si l'on ne parlait guère, on mastiquait ferme. Le saladier se creusait, une cuiller plantée dans la sauce épaisse, une bonne sauce jaune qui tremblait comme une gelée. Là-dedans, on pêchait les morceaux de veau ; et il y en avait toujours, le saladier voyageait de main en main, les visages se penchaient et cherchaient des champignons. Les grands pains, posés contre le mur, derrière les convives, avaient l'air de fondre. Entre les bouchées, on entendait les culs des verres retomber sur la table. La sauce était un peu trop salée, il fallut quatre litres pour noyer cette bougresse de blanquette, qui s'avalait comme une crème et qui vous mettait un incendie dans le ventre. Et l'on

n'eut pas le temps de souffler, l'épinée de cochon,
montée sur un plat creux, flanquée de grosses
pommes de terre rondes, arrivait au milieu d'un
nuage. Il y eut un cri. Sacré nom! c'était trouvé!
Tout le monde aimait ça. Pour le coup, on allait
se mettre en appétit; et chacun suivait le plat d'un
œil oblique, en essuyant son couteau sur son pain,
afin d'être prêt. Puis, lorsqu'on se fut servi, on se
poussa du coude, on parla, la bouche pleine.
Hein? quel beurre, cette épinée! Quelque chose
de doux et de solide qu'on sentait couler le long
de son boyau, jusque dans ses bottes. Les pommes
de terre étaient un sucre. Ça n'était pas salé; mais,
juste à cause des pommes de terre, ça demandait
un coup d'arrosoir toutes les minutes. On cassa le
goulot à quatre nouveaux litres. Les assiettes
furent si proprement torchées, qu'on n'en chan-
gea pas pour manger les pois au lard. Oh! les
légumes ne tiraient pas à conséquence. On gobait
ça à pleine cuiller, en s'amusant. De la vraie gourmandise enfin, comme qui dirait le plaisir des
dames. Le meilleur, dans les pois, c'étaient les lardons, grillés à point, puant le sabot de cheval.
Deux litres suffirent.

   « Maman! maman! cria tout à coup Nana, c'est
Augustine qui met ses mains dans mon assiette!
   — Tu m'embêtes! fiche-lui une claque! »
répondit Gervaise, en train de se bourrer de petits
pois.

   Dans la pièce voisine, à la table des enfants, Nana
faisait la maîtresse de maison. Elle s'était assise à
côté de Victor et avait placé son frère Étienne près
de la petite Pauline; comme ça, ils jouaient au

ménage, ils étaient des mariés en partie de plaisir.
D'abord, Nana avait servi ses invités très genti-
ment, avec des mines souriantes de grande personne ; mais elle venait de céder à son amour des
lardons, elle les avait tous gardés pour elle. Ce louchon d'Augustine, qui rôdait sournoisement autour
des enfants, profitait de ça pour prendre les lardons
à pleine main, sous prétexte de refaire le partage.
Nana, furieuse, la mordit au poignet.

« Ah ! tu sais, murmura Augustine, je vais rap-
porter à ta mère qu'après la blanquette tu as dit à
Victor de t'embrasser. »

Mais tout rentra dans l'ordre, Gervaise et
maman Coupeau arrivaient pour débrocher l'oie.
À la grande table, on respirait, renversé sur les
dossiers des chaises. Les hommes déboutonnaient
leur gilet, les dames s'essuyaient la figure avec
leur serviette. Le repas fut comme interrompu ;
seuls, quelques convives, les mâchoires en branle,
continuaient à avaler de grosses bouchées de
pain, sans même s'en apercevoir. On laissait la
nourriture se tasser, on attendait. La nuit, lentement, était tombée ; un jour sale, d'un gris de
cendre, s'épaississait derrière les rideaux. Quand
Augustine posa deux lampes allumées, une à
chaque bout de la table, la débandade du couvert
apparut sous la vive clarté, les assiettes et les fourchettes grasses, la nappe tachée de vin, couverte
de miettes. On étouffait dans l'odeur forte qui
montait. Cependant, les nez se tournaient vers la
cuisine, à certaines bouffées chaudes.

« Peut-on vous donner un coup de main ? » cria
Virginie.

Elle quitta sa chaise, passa dans la pièce voisine. Toutes les femmes, une à une, la suivirent. Elles entourèrent la rôtissoire, elles regardèrent avec un intérêt profond Gervaise et maman Coupeau qui tiraient sur la bête. Puis, une clameur s'éleva, où l'on distinguait les voix aiguës et les sauts de joie des enfants. Et il y eut une rentrée triomphale : Gervaise portait l'oie, les bras raidis, la face suante, épanouie dans un large rire silencieux ; les femmes marchaient derrière elle, riaient comme elle ; tandis que Nana, tout au bout, les yeux démesurément ouverts, se haussait pour voir. Quand l'oie fut sur la table, énorme, dorée, ruisselante de jus, on ne l'attaqua pas tout de suite. C'était un étonnement, une surprise respectueuse, qui avait coupé la voix à la société. On se la montrait avec des clignements d'yeux et des hochements de menton. Sacré mâtin ! quelle dame ! quelles cuisses et quel ventre !

« Elle ne s'est pas engraissée à lécher les murs, celle-là ! » dit Boche.

Alors, on entra dans des détails sur la bête. Gervaise précisa des faits : la bête était la plus belle pièce qu'elle eût trouvée chez le marchand de volailles du faubourg Poissonnière ; elle pesait douze livres et demie à la balance du charbonnier ; on avait brûlé un boisseau de charbon pour la faire cuire, et elle venait de rendre trois bols de graisse. Virginie l'interrompit pour se vanter d'avoir vu la bête crue : on l'aurait mangée comme ça, disait-elle, tant la peau était fine et blanche, une peau de blonde, quoi ! Tous les hommes riaient avec une gueulardise polissonne, qui leur gonflait les lèvres. Cependant, Lorilleux et Mme Lorilleux pinçaient le nez, suffoqués de voir une oie pareille sur la table de la Banban.

« Eh bien ! voyons, on ne va pas la manger entière, finit par dire la blanchisseuse. Qui est-ce qui coupe ?... Non, non, pas moi ! C'est trop gros, ça me fait peur. »

Coupeau s'offrait. Mon Dieu ! c'était bien simple : on empoignait les membres, on tirait dessus ; les morceaux restaient bons tout de même. Mais on se récria, on reprit de force le couteau de cuisine au zingueur ; quand il découpait, il faisait un vrai cimetière dans le plat. Pendant un moment, on chercha un homme de bonne volonté. Enfin, Mme Lerat dit d'une voix aimable :

« Écoutez, c'est à M. Poisson... Certainement, à M. Poisson... »

Et, comme la société semblait ne pas comprendre, elle ajouta avec une intention plus flatteuse encore :

« Bien sûr, c'est à M. Poisson qui a l'usage des armes. »

Et elle passa au sergent de ville le couteau de cuisine qu'elle tenait à la main. Toute la table eut un rire d'aise et d'approbation. Poisson inclina la tête avec une raideur militaire et prit l'oie devant lui. Ses voisines, Gervaise et Mme Boche, s'écartèrent, firent de la place à ses coudes. Il découpait lentement, les gestes élargis, les yeux fixés sur la bête, comme pour la clouer au fond du plat. Quand il enfonça le couteau dans la carcasse, qui craqua, Lorilleux eut un élan de patriotisme. Il cria :

« Hein ! si c'était un Cosaque !

— Est-ce que vous vous êtes battu avec des Cosaques, monsieur Poisson ? demanda Mme Boche.

— Non, avec des Bédouins, répondit le sergent de ville qui détachait une aile. Il n'y a plus de Cosaques. »

Mais un gros silence se fit. Les têtes s'allongeaient, les regards suivaient le couteau. Poisson ménageait une surprise. Brusquement, il donna un dernier coup ; l'arrière-train de la bête se sépara et se tint debout, le croupion en l'air : c'était le bonnet d'évêque. Alors l'admiration éclata. Il n'y avait que les anciens militaires pour être aimables en société. Cependant, l'oie venait de laisser échapper un flot de jus par le trou béant de son derrière ; et Boche rigolait.

« Moi, je m'abonne, murmura-t-il, pour qu'on me fasse comme ça pipi dans la bouche.

— Oh, le sale ! crièrent les dames. Faut-il être sale !

— Non, je ne connais pas d'homme aussi dégoûtant ! dit Mme Boche, plus furieuse que les autres. Tais-toi, entends-tu ! Tu dégoûterais une armée... Vous savez que c'est pour tout manger ! »

À ce moment, Clémence répétait, au milieu du bruit, avec insistance :

« Monsieur Poisson, écoutez, monsieur Poisson... Vous me garderez le croupion, n'est-ce pas !

— Ma chère, le croupion vous revient de droit », dit Mme Lerat, de son air discrètement égrillard.

Pourtant, l'oie était découpée. Le sergent de

ville, après avoir laissé la société admirer le bonnet d'évêque pendant quelques minutes, venait d'abattre les morceaux et de les ranger autour du plat. On pouvait se servir. Mais les dames, qui dégrafaient leur robe, se plaignaient de la chaleur. Coupeau cria qu'on était chez soi, qu'il emmiellait les voisins ; et il ouvrit toute grande la porte de la rue, la noce continua au milieu du roulement des fiacres et de la bousculade des passants sur les trottoirs. Alors, les mâchoires reposées, un nouveau trou dans l'estomac, on recommença à dîner, on tomba sur l'oie furieusement. Rien qu'à attendre et à regarder découper la bête, disait ce farceur de Boche, ça lui avait fait descendre la blanquette et l'épinée dans les mollets.

Par exemple, il y eut là un fameux coup de fourchette ; c'est-à-dire que personne de la société ne se souvenait de s'être jamais collé une pareille indigestion sur la conscience. Gervaise, énorme, tassée sur les coudes, mangeait de gros morceaux de blanc, ne parlant pas, de peur de perdre une bouchée ; et elle était seulement un peu honteuse devant Goujet, ennuyée de se montrer ainsi, gloutonne comme une chatte. Goujet, d'ailleurs, s'emplissait trop lui-même, à la voir toute rose de nourriture. Puis, dans sa gourmandise, elle restait si gentille et si bonne ! Elle ne parlait pas, mais elle se dérangeait à chaque instant, pour soigner le père Bru et lui passer quelque chose de délicat sur son assiette. C'était même touchant de regarder cette gourmande s'enlever un bout d'aile de la bouche, pour le donner au vieux, qui ne semblait pas connaisseur et qui avalait tout, la tête basse,

abêti de tant bâfrer, lui dont le gésier avait perdu
le goût du pain. Les Lorilleux passaient leur rage
sur le rôti ; ils en prenaient pour trois jours, ils
auraient englouti le plat, la table et la boutique,
afin de ruiner la Banban du coup. Toutes les
dames avaient voulu de la carcasse ; la carcasse,
c'est le morceau des dames. Mme Lerat,
Mme Boche, Mme Putois grattaient des os, tandis
que maman Coupeau, qui adorait le cou, en arra-
chait la viande avec ses deux dernières dents. Virginie, elle, aimait la peau, quand elle était rissolée,
et chaque convive lui passait sa peau, par galan-
terie ; si bien que Poisson jetait à sa femme des
regards sévères, en lui ordonnant de s'arrêter,
parce qu'elle en avait assez comme ça : une fois
déjà, pour avoir trop mangé d'oie rôtie, elle était
restée quinze jours au lit, le ventre enflé. Mais
Coupeau se fâcha et servit un haut de cuisse à Virginie, criant que, tonnerre de Dieu ! si elle ne le
décrottait pas, elle n'était pas une femme. Est-ce
que l'oie avait jamais fait du mal à quelqu'un ? Au
contraire, l'oie guérissait les maladies de rate. On
croquait ça sans pain, comme un dessert. Lui, en
aurait bouffé toute la nuit, sans être incommodé ;
et, pour crâner, il s'enfonçait un pilon entier dans
la bouche. Cependant, Clémence achevait son
croupion, le suçait avec un gloussement des
lèvres, en se tordant de rire sur sa chaise, à cause
de Boche qui lui disait tout bas des indécences.
Ah ! nom de Dieu ! oui, on s'en flanqua une bosse !
Quand on y est, on y est, n'est-ce pas ? et si l'on
ne se paie qu'un gueuleton par-ci, par-là, on serait
joliment godiche de ne pas s'en fourrer jusqu'aux

oreilles. Vrai, on voyait les bedons se gonfler à mesure. Les dames étaient grosses. Ils pétaient dans leur peau, les sacrés goinfres! La bouche ouverte, le menton barbouillé de graisse, ils avaient des faces pareilles à des derrières, et si rouges, qu'on aurait dit des derrières de gens riches, crevant de prospérité.

Et le vin donc, mes enfants! ça coulait autour de la table comme l'eau coule à la Seine. Un vrai ruisseau, lorsqu'il a plu et que la terre a soif. Coupeau versait de haut, pour voir le jet rouge écumer; et quand un litre était vide, il faisait la blague de retourner le goulot et de le presser, du geste familier aux femmes qui traient les vaches. Encore une négresse qui avait la gueule cassée! Dans un coin de la boutique, le tas des négresses mortes grandissait, un cimetière de bouteilles sur lequel on poussait les ordures de la nappe. Mme Putois ayant demandé de l'eau, le zingueur indigné venait d'enlever lui-même les carafes. Est-ce que les honnêtes gens buvaient de l'eau? Elle voulait donc avoir des grenouilles dans l'estomac? Et les verres se vidaient d'une lampée, on entendait le liquide jeté d'un trait tomber dans la gorge, avec le bruit des eaux de pluie le long des tuyaux de descente, les jours d'orage. Il pleuvait du piqueton, quoi! un piqueton qui avait d'abord un goût de vieux tonneau, mais auquel on s'habituait joliment, à ce point qu'il finissait par sentir la noisette. Ah! Dieu de Dieu! les jésuites avaient beau dire, le jus de la treille était tout de même une fameuse invention! La société riait, approuvait; car, enfin, l'ouvrier n'aurait pas pu vivre sans le vin, le papa Noé devait avoir planté la vigne pour les zingueurs, les tailleurs et les forgerons. Le vin décrassait et reposait du travail, mettait le feu au ventre des fainéants ; puis, lorsque le farceur vous jouait des tours, eh bien ! le roi n'était pas votre oncle, Paris vous appartenait. Avec ça que l'ouvrier, échiné, sans le sou, méprisé par les bourgeois, avait tant de sujets de gaieté, et qu'on était bien venu de lui reprocher une cocarde de temps à autre, prise à la seule fin de voir la vie en rose ! Hein ! à cette heure, justement, est-ce qu'on ne se fichait pas de l'empereur ? Peut-être bien que l'empereur lui aussi était rond, mais ça n'empêchait pas, on se fichait de lui, on le défiait bien d'être plus rond et de rigoler davantage. Zut pour les aristos ! Coupeau envoyait le monde à la balançoire. Il trouvait les femmes chouettes, il tapait sur sa poche où trois sous se battaient, en riant comme s'il avait remué des pièces de cent sous à la pelle. Goujet lui-même, si sobre d'habitude, se piquait le nez. Les yeux de Boche se rapetissaient, ceux de Lorilleux devenaient pâles, tandis que Poisson roulait des regards de plus en plus sévères dans sa face bronzée d'ancien soldat. Ils étaient déjà soûls comme des tiques. Et les dames avaient leur pointe, oh ! une culotte encore légère, le vin pur aux joues, avec un besoin de se déshabiller qui leur faisait enlever leur fichu ; seule, Clémence commençait à n'être plus convenable. Mais, brusquement, Gervaise se souvint des six bouteilles de vin cacheté ; elle avait oublié de les servir avec l'oie ; elle les apporta, on emplit les verres. Alors, Poisson se souleva et dit, son verre à la main :

« Je bois à la santé de la patronne. »

Toute la société, avec un fracas de chaises remuées, se mit debout ; les bras se tendirent, les verres se choquèrent, au milieu d'une clameur.

« Dans cinquante ans d'ici ! cria Virginie.

— Non, non, répondit Gervaise émue et souriante, je serais trop vieille. Allez, il vient un jour où l'on est content de partir. »

Cependant, par la porte grande ouverte, le quartier regardait et était de la noce. Des passants s'arrêtaient dans le coup de lumière élargi sur les pavés, et riaient d'aise, à voir ces gens avaler de si bon cœur. Les cochers, penchés sur leurs sièges, fouettant leurs rosses, jetaient un regard, lâchaient une rigolade : « Dis donc, tu ne paies rien ?... Ohé ! la grosse mère, je vas chercher l'accoucheuse !... » Et l'odeur de l'oie réjouissait et épanouissait la rue ; les garçons de l'épicier croyaient manger de la bête, sur le trottoir d'en face ; la fruitière et la tripière, à chaque instant, venaient se planter devant leur boutique, pour renifler l'air, en se léchant les lèvres. Positivement, la rue crevait d'indigestion. Mmes Cudorge, la mère et la fille, les marchandes de parapluies d'à côté, qu'on n'apercevait jamais, traversèrent la chaussée l'une derrière l'autre, les yeux en coulisse, rouges comme si elles avaient fait des crêpes. Le petit bijoutier, assis à son établi, ne pouvait plus travailler, soûl d'avoir compté les litres, très excité au milieu de ses coucous joyeux. Oui, les voisins en fumaient ! criait Coupeau. Pourquoi donc se serait-on caché ? La société, lancée, n'avait plus honte de se montrer à table ; au

contraire, ça la flattait et l'échauffait, ce monde
attroupé, béant de gourmandise ; elle aurait voulu
enfoncer la devanture, pousser le couvert jusqu'à
la chaussée, se payer là le dessert, sous le nez du
public, dans le branle du pavé. On n'était pas
dégoûtant à voir, n'est-ce pas ? Alors, on n'avait
pas besoin de s'enfermer comme des égoïstes.
Coupeau, voyant le petit horloger cracher là-bas
des pièces de dix sous, lui montra de loin une bouteille ; et, l'autre ayant accepté de la tête, il lui
porta la bouteille et un verre. Une fraternité s'éta-
blissait avec la rue. On trinquait à ceux qui passaient. On appelait les camarades qui avaient l'air
bon zig. Le gueuleton s'étalait, gagnait de proche
en proche, tellement que le quartier de la Goutte-
d'Or entier sentait la boustifaille et se tenait le
ventre, dans un bacchanal de tous les diables.

Depuis un instant, Mme Vigouroux, la char-
bonnière, passait et repassait devant la porte.

« Eh ! madame Vigouroux ! Madame Vigouroux ! » hurla la société.

Elle entra, avec un rire de bête, débarbouillée,
grasse à crever son corsage. Les hommes aimaient
à la pincer, parce qu'ils pouvaient la pincer partout, sans jamais rencontrer un os. Boche la fit
asseoir près de lui ; et, tout de suite, sournoisement, il prit son genou, sous la table. Mais elle,
habituée à ça, vidait tranquillement un verre de
vin, en racontant que les voisins étaient aux
fenêtres, et que des gens, dans la maison, commençaient à se fâcher.

« Oh ! ça, c'est notre affaire, dit Mme Boche.
Nous sommes les concierges, n'est-ce pas ? Eh

bien, nous répondons de la tranquillité... Qu'ils viennent se plaindre, nous les recevrons joliment. »

Dans la pièce du fond, il venait d'y avoir une bataille furieuse entre Nana et Augustine, à propos de la rôtissoire, que toutes les deux voulaient torcher. Pendant un quart d'heure, la rôtissoire avait rebondi sur le carreau, avec un bruit de vieille casserole. Maintenant, Nana soignait le petit Victor, qui avait un os d'oie dans le gosier ; elle lui fourrait les doigts sous le menton, en le forçant à avaler de gros morceaux de sucre, comme médicament. Ça ne l'empêchait pas de surveiller la grande table. Elle venait à chaque instant demander du vin, du pain, de la viande, pour Étienne et Pauline.

« Tiens ! crève ! lui disait sa mère. Tu me ficheras la paix, peut-être ! »

Les enfants ne pouvaient plus avaler, mais ils mangeaient tout de même, en tapant leur fourchette sur un air de cantique, afin de s'exciter.

Au milieu du bruit, cependant, une conversation s'était engagée entre le père Bru et maman Coupeau. Le vieux, que la nourriture et le vin laissaient blême, parlait de ses fils morts en Crimée. Ah ! si les petits avaient vécu, il aurait eu du pain tous les jours. Mais maman Coupeau, la langue un peu épaisse, se penchant, lui disait :

« On a bien du tourment avec les enfants, allez ! Ainsi, moi, j'ai l'air d'être heureuse ici, n'est-ce pas ? Eh bien ! je pleure plus d'une fois... Non, ne souhaitez pas d'avoir des enfants. »

Le père Bru hochait la tête.

« On ne veut plus de moi nulle part pour travailler, murmura-t-il. Je suis trop vieux. Quand j'entre dans un atelier, les jeunes rigolent et me demandent si c'est moi qui ai verni les bottes d'Henri IV... L'année dernière, j'ai encore gagné trente sous par jour à peindre un pont ; il fallait rester sur le dos, avec la rivière qui coulait en bas. Je tousse depuis ce temps... Aujourd'hui, c'est fini, on m'a mis à la porte de partout. »

Il regarda ses pauvres mains raidies et ajouta :

« Ça se comprend, puisque je ne suis bon à rien. Ils ont raison, je ferais comme eux... Voyez-vous, le malheur, c'est que je ne sois pas mort. Oui, c'est ma faute. On doit se coucher et crever, quand on ne peut plus travailler.

— Vraiment, dit Lorilleux qui écoutait, je ne comprends pas comment le gouvernement ne vient pas au secours des invalides du travail... Je lisais ça l'autre jour dans un journal... »

Mais Poisson crut devoir défendre le gouvernement.

« Les ouvriers ne sont pas des soldats, déclarat-il. Les Invalides sont pour les soldats... Il ne faut pas demander des choses impossibles. »

Le dessert était servi. Au milieu, il y avait un gâteau de Savoie en forme de temple, avec un dôme à côtes de melon et, sur le dôme, se trouvait plantée une rose artificielle, près de laquelle se balançait un papillon en papier d'argent, au bout d'un fil de fer. Deux gouttes de gomme, au cœur de la fleur, imitaient deux gouttes de rosée. Puis, à gauche, un morceau de fromage blanc nageait dans un plat creux ; tandis que, dans un

autre plat, à droite, s'entassaient de grosses fraises
meurtries dont le jus coulait. Pourtant, il restait
de la salade, de larges feuilles de romaine trem-
pées d'huile.

« Voyons, madame Boche, dit obligeamment
Gervaise, encore un peu de salade. C'est votre pas-
sion, je le sais.

— Non, non, merci ! j'en ai jusque-là », répondit la concierge.

La blanchisseuse s'étant tournée du côté de Virginie, celle-ci fourra son doigt dans sa bouche,
comme pour toucher la nourriture.

« Vrai, je suis pleine, murmura-t-elle. Il n'y a
plus de place. Une bouchée n'entrerait pas.

— Oh ! en vous forçant un peu, reprit Gervaise
qui souriait. On a toujours un petit trou. La
salade, ça se mange sans faim... Vous n'allez pas
laisser perdre de la romaine ?

— Vous la mangerez confite demain, dit
Mme Lerat. C'est meilleur confit. »

Ces dames soufflaient, en regardant d'un air de
regret le saladier. Clémence raconta qu'elle avait
un jour avalé trois bottes de cresson à son déjeuner. Mme Putois était plus forte encore, elle prenait des têtes de romaine sans les éplucher ; elle
les broutait comme ça, à la croque au sel. Toutes
auraient vécu de salade, s'en seraient payé des
baquets. Et, cette conversation aidant, ces dames
finirent le saladier.

« Moi, je me mettrais à quatre pattes dans un
pré », répétait la concierge, la bouche pleine.

Alors, on ricana devant le dessert. Ça ne comp-
tait pas, le dessert. Il arrivait un peu tard, mais ça

ne faisait rien, on allait tout de même le caresser.
Quand on aurait dû éclater comme des bombes,
on ne pouvait pas se laisser embêter par des
fraises et du gâteau. D'ailleurs, rien ne pressait,
on avait le temps, la nuit entière si l'on voulait. En
attendant, on emplit les assiettes de fraises et de
fromage blanc. Les hommes allumaient des pipes ;
et, comme les bouteilles cachetées étaient vides,
ils revenaient aux litres, ils buvaient du vin en
fumant. Mais on voulut que Gervaise coupât tout
de suite le gâteau de Savoie. Poisson, très galant,
se leva pour prendre la rose, qu'il offrit à la
patronne, aux applaudissements de la société.
Elle dut l'attacher avec une épingle, sur le sein
gauche, du côté du cœur. À chacun de ses mou-
vements, le papillon voltigeait.

> *Cuisiner suppose une tête légère,*
> *un esprit généreux*
> *et un cœur large.*
> (COLETTE)

*Un repas est insipide
s'il n'est pas assaisonné d'un brin de folie.*
(ÉRASME)

*Petite chère et grand accueil
font joyeux festin.*
(WILLIAM SHAKESPEARE)

DOUGLAS ADAMS    *Le dernier restaurant avant la fin du monde*

Traduit de l'anglais par Jean Bonnefoy (Folio S.-F. n° 35)
© *Completely Unexpected Productions Ltd, 1980*
© *Éditions Denoël 1982, pour la traduction française*

GUILLAUME APOLLINAIRE *Le repas*

Extrait de *Poèmes retrouvés* (*Œuvres poétiques*, Pléiade)
© Éditions Gallimard, 1965

MURIEL BARBERY    *Le cru*

Extrait de *Une gourmandise* (Folio n° 3633)
© Éditions Gallimard, 2000

KAREN BLIXEN     *Le dîner de Babette*

Traduit du danois par Marthe Metzger (Folio n° 2007)
© Gyldendalske Boghandel Nordisk Forlag Copenhagen-
Danemark, 1958
© Éditions Gallimard, 1961, pour la traduction française

NOËLLE CHÂTELET   *La mère nourricière*

Extrait de *Histoires de bouches* (Folio n° 1903)
© Mercure de France, 1986

ALPHONSE DAUDET   *Les trois messes basses*

Extrait de *Lettres de mon moulin* (Folio n° 3239)

THOMAS DAY      *La triste légende du seigneur Chikuzen Nobushiro*

Extrait de *La Voie du Sabre* (Folio S.-F. n° 115)
© Éditions Gallimard, 2002

PHILIPPE DELERM    *Aider à écosser des petits pois*

Extrait de *La première gorgée de bière et autres plaisirs minuscules* (collection « L'Arpenteur »)
© Éditions Gallimard, 1997

GUSTAVE FLAUBERT   *Le repas de noces d'Emma Bovary*

Extrait de *Madame Bovary* (Folio n° 3512)

GUY DE MAUPASSANT  *Le cabinet privé du Café Riche*

Extrait de *Bel-Ami* (Folio n° 3227)

# DÉCOUVREZ LES FOLIO 2 €

*parutions de janvier 2008*

ANONYME
*Le pavillon des Parfums-Réunis* et autres nouvelles chinoises des Ming

Mélange de poésie, de raffinement et d'érotisme délicat, ces nouvelles des Ming nous entraînent dans un voyage sensuel et chatoyant.

CICÉRON
*« Le bonheur dépend de l'âme seule » Tusculanes, livre V*

Avec clarté et pragmatisme, Cicéron se propose de nous guider sur les chemins de la sagesse et du bonheur.

Thomas DAY
*L'automate de Nuremberg*

Sur fond de campagnes napoléoniennes, un voyage initiatique à la croisée des genres pour entrer dans l'univers de Thomas Day.

Lafcadio HEARN
*Ma première journée en Orient* suivi de *Kizuki le sanctuaire le plus ancien du Japon*

Pour découvrir le Japon, ses mystères et ses charmes, quel meilleur guide qu'un poète voyageur ? Suivez-le…

Rudyard KIPLING
*Une vie gaspillée* et autres nouvelles

Une chronique de l'Inde victorienne pleine de finesse et d'humour par l'auteur du *Livre de la jungle*.

D. H. LAWRENCE
*L'épine dans la chair* et autres nouvelles

L'auteur de *L'Amant de lady Chatterley* nous offre trois portraits de femmes prisonnières des convenances, mais aussi de leurs désirs.

Luigi PIRANDELLO
*Eau amère* et autre nouvelles

Quelques nouvelles aussi acides que malicieuses sur les relations entre les hommes et les femmes.

Jules VERNE
*Les révoltés de la Bounty* suivi de *Maître Zacharius*

Respirez l'air du large et embarquez sous les ordres du capitaine Verne pour une aventure devenue légendaire !

Anne WIAZEMSKY
*L'île*

Les rêves et les inquiétudes d'une femme amoureuse racontés avec sensibilité et tendresse par l'auteur de *Jeune fille*.

Et dans la série « Femmes de lettres » :

Simone de BEAUVOIR          *La femme indépendante*
Agrégée de philosophie, unie à Jean-Paul Sartre par un long compa-
gnonnage affectif et intellectuel, Simone de Beauvoir (1908-1986) pu-
blie en 1949 *Le deuxième sexe*, dont on trouvera ici quelques pages
marquantes. Ce texte fait d'elle l'une des grandes figures du féminisme
du xxᵉ siècle et lui assure une renommée internationale.

## Dans la même collection

*Composition Bussière*
*Impression Novoprint*
*à Barcelone, le 25 janvier 2008*
*Dépôt légal: janvier 2008*
*Premier dépôt légal dans la collection: septembre 2003*

ISBN 978-2-07-030220-8./Imprimé en Espagne.

**158907**